蹉跎岁月才学会的爱

陆筱友 著

中国广播影视出版社

图书在版编目（CIP）数据

蹉跎岁月才学会的爱 / 陆筱友著. -- 北京：中国广播影视出版社, 2024.2
　ISBN 978-7-5043-9173-5

Ⅰ. ①蹉… Ⅱ. ①陆… Ⅲ. ①中篇小说-中国-当代 Ⅳ. ①I247.5

中国国家版本馆CIP数据核字(2024)第003688号

蹉跎岁月才学会的爱

陆筱友　著

责任编辑：王　萱　彭　蕙
封面设计：谢祺旸
责任校对：龚　晨

出版发行　中国广播影视出版社
电　　话　010-86093580　010-86093583
社　　址　北京市西城区真武庙二条9号
邮　　编　100045
网　　址　www.crtp.com.cn
电子邮箱　crtp8@sina.com

经　　销　全国各地新华书店
印　　刷　武汉市籍缘印刷厂

开　　本　880毫米×1230毫米　1/32
字　　数　106（千）字
印　　张　7
版　　次　2024年2月第1版　2024年2月第1次印刷

书　　号　ISBN 978-7-5043-9173-5
定　　价　58.00元

（版权所有　翻版必究·印装有误　负责调换）

目 录
Contents

- 第一章　日料店风波　001
- 第二章　人生若只如初见　006
- 第三章　玫瑰园512里金胖子的炫耀　011
- 第四章　校花驾到　017
- 第五章　追求者的自我修养　022
- 第六章　科罗博奇卡的爱慕者们　027
- 第七章　"三件套"和"傻大个"的初次交锋　031
- 第八章　约会的前奏　036
- 第九章　原来你也喜欢吃黄鱼煨面　040
- 第十章　林宪斌、李素花光临吴宅　045
- 第十一章　暧昧的亲吻　050
- 第十二章　吴承鲁的担忧　055

- 第十三章 张百莉的暗访　　059
- 第十四章 阴险的陷害　　063
- 第十五章 轩然大波　　067
- 第十六章 真相大白　　072
- 第十七章 葛晴晴的冷淡　　076
- 第十八章 突然的要求　　081
- 第十九章 心理咨询师李馨媛　　085
- 第二十章 需要预约的霓裳歌舞俱乐部　　090
- 第二十一章 红楼梦中人　　094
- 第二十二章 Jason Wu对人生的思考　　098
- 第二十三章 生日心愿　　104
- 第二十四章 "小雯猫"的秘密　　109
- 第二十五章 江太的惩罚　　114
- 第二十六章 董萌的闺蜜　　118
- 第二十七章 Alice的烦恼　　123
- 第二十八章 自卑的丘远雄　　127

目 录

- 第二十九章 深冬的暖意 　　131
- 第三十章 二次谋杀计划 　　135
- 第三十一章 你们都是剥削阶级 　　139
- 第三十二章 Alice的生日Party 　　142
- 第三十三章 "傻大个"与"三件套"的再次相遇 　145
- 第三十四章 意外 　　148
- 第三十五章 正式介绍 　　151
- 第三十六章 今年还是想去一次香港 　　155
- 第三十七章 关于福汇集团收购的董事会 　　159
- 第三十八章 江警官的执着 　　162
- 第三十九章 维多利亚港的夜景 　　165
- 第四十章 早餐的恳谈 　　168
- 第四十一章 晴晴的轨迹 　　172
- 第四十二章 目击证人 　　175
- 第四十三章 莫名其妙 　　178
- 第四十四章 双方的争执 　　182

》 第四十五章	"烂牙强"的支票	186
》 第四十六章	江太的应对	190
》 第四十七章	难得的片刻	193
》 第四十八章	计划抓捕	196
》 第四十九章	Alice的窘境	200
》 第五十章	十年前的车祸命案	204
》 第五十一章	逼上梁山	207
》 第五十二章	王大为的复仇	210
》 第五十三章	追悼会的感触	213

1

第一章 日料店风波

"喝,今天我买单。"

"我们哥几个,就你小子现在混得最好,倒还没有忘记我们这几个兄弟。"上海商业中心的金茂大厦56楼的高级日料店里,30岁的吴益皓喝着可乐,而剩下的三个男子,正痛饮着高档清酒"獭祭",看他们的速度,似乎这只是不要钱的二锅头。

旁边几个穿着全套和服的女服务员不住地交头接耳,窃窃私语,大家都知道,这是千豪集团董事长的儿子。但大家这么有心八卦的原因,不只是因为他的爸爸叫吴承鲁,而是因为吴益皓是不折不扣的大帅哥。

"哎哎哎,你觉不觉得他的侧脸和桀骜不驯的神态很像木村拓哉啊?"

蹉跎岁月 才学会的爱

"哪里,那鼻子眼睛跟他妈妈,张氏集团的张百莉太像了,简直是一个模子里刻出来的。"

"哪家小报说她妈妈整容的,从儿子来看,这肯定是百分之百的原装。"

小姑娘们光顾着说话,没注意,一个穿着黑衣服的标致女人,提着一大桶与日料店环境格格不入的廉价矿泉水快步走了进来,当这些花痴缓过神来,一场注定要上各大网站娱乐头条的场景发生了。

不出所料,这个女人用一条棕色拼土黄色的爱马仕围巾像阿拉伯人一样把脸包住,然后以迅雷不及掩耳之势把水泼向了吴益皓。

吴益皓显然还没有反应过来,但显然被吓得不轻,两只眼睛像金鱼一样惊恐地瞪着那个"阿拉伯女人",狐疑地说:"你是谁?疯女人!"

女人从自己的包包里掏出了一个皮夹,从中抽出一张信用卡,然后拿出一把剪刀把卡剪成两半,狠狠地甩在吴益皓的骨碟里,里面还留有金枪鱼寿司残留下的米饭。

"吴益皓,你给我听着,我李淑淑不是你想要就要,想扔就扔的。"

第一章　日料店风波

吴益皓抬头看着他，把骨碟里的卡不屑地扔到地上，用筷子夹了一块寿喜锅中的魔芋，颇为蔑视地说："李淑淑，你别胡闹！你在媒体前胡说八道还不够吗？敢来我这儿兴风作浪，好日子不想过了？"

李淑淑缓缓解下自己的丝巾，脸上露出了被掌掴的痕迹，而那些在偷拍中出现无数次的对吴益皓的爱意已经荡然无存，取而代之的是怨恨。

"你不知道我正在洽谈新戏，明天还有话剧演出吗？你好狠的心啊，竟然找人毒打我！"

吴益皓把跷着的二郎腿换了一个方向，满不在乎地说："谁叫你给媒体吹的风，开发布会还在网络上发声明痛斥我劈腿，我这是以其人之道还治其身。"

李淑淑的眼泪瞬间下来了，"吴益皓，你，你……打人不打脸啊！你太过分了！"

吴益皓对他那帮狐朋狗友使了个眼色，旁边的金胖子马上心领神会："来来来，大家接着喝，别理那个女人。"

被无视本身就是一种更大的侮辱，李淑淑拿起剪刀试图冲向吴益皓。

日料店的日本领班赤羽织里刚刚赶到，用生硬的中文

蹉跎岁月 才学会的爱

斥责那一群刚刚还在犯花痴现在全都愣住的女服务员："都站着干什么？还不快拦住！你，快去叫保全，不不不，保安。"

场面一时极度混乱，仿佛是名画式的推拉撕扯在日料店高雅的气氛衬托下，活像中世纪的油画作品。

吴益皓看了看被三个女服务员分别拦腰抱住，反剪双手，拖住双腿的李淑淑，然后目送金茂大厦穿着讲究的保安把她制服，理也不理会李淑淑大声喊"自己是公众人物千万不要报警移交派出所"的请求，往男盥洗室大步流星地走去，仿佛只是他家别墅门口其他人的狗吠了一声。

"真晦气。"吴益皓使劲用手兜着水狠狠地洗了洗有些麻木的脸，望着镜子里的自己，那张英俊的脸上写满了不耐烦和傲慢，转而变成了忧郁和彷徨。他正想伸手找张洁面纸擦脸，却发现精致的面纸盒里空空如也。他的愤怒突然又被点燃了，他一脚踢向旁边的垃圾桶，垃圾桶无辜地倒下翻了个身，里面的垃圾散落了一地。

"给。"一只穿着平价格子衬衫，戴着过时电子表的手递来一包餐巾纸，坚定而又稳重地伸着。

吴益皓一言不发，一把抢过那包普通得不能再普通的

第一章 日料店风波

餐巾纸，打开来，拿出一张，吸干了自己脸上的水珠。

旁边戴着普通塑料黑框眼镜的男子木讷地站着，还是不发一言，低头看着他。

这是林颂，他一直静静地坐在外面那些聒噪的人群里，注视着吴益皓，这场景显然使他更加格格不入，虽然他们都曾在一所大学，一个寝室里睡过一个房间，用过同一个浴室的水龙头。

林颂低头看了看自己的手指甲和粗糙的双手，叹了一口气，终于鼓起勇气说出了他一直想说的话："益皓，你以前不是这样的，都是晴晴走了之后，你才变成这样的……"

吴益皓抬头看了他一眼，双眼茫然了不足五秒，就大声说道："滚！你给我滚。"

当他走到厕所门口时，忽然想起什么，回过头，恶狠狠地说："不许再提那个姓葛的女人，我不想听！"林颂又叹了口气，陷入了回忆里，回想着他所认识的那个吴益皓。

2

第二章　人生若只如初见

　　醉得稀里哗啦的吴益皓坐在车中，满口胡话。

　　司机林宪斌默默地开着车。林宪斌是个快六十的大叔，对此已是习以为常，他默默地把收音机的调频定为103.7，胖子阿彦正失常地摒弃了他通常几十年不变的曲风，播放了一首周杰伦的《简单爱》。

　　吴益皓一听到这首歌就像猫科动物触电一样，马上对着司机大喊："林宪斌，你不想活啦，赶紧关掉！关掉！我不要听。"

　　林宪斌突然非常想痛骂那个上海知名的电台DJ，竟然发挥失常不放老歌，放什么年轻人爱听的周杰伦，赶紧把电台按钮旋往关机的方向。旁边的儿子林颂，默默地拍了拍自己老爸的肩膀，以示安慰。老林朝自己的儿子看去，无奈地点点头，两人交换了眼神，表现出无可奈何的同频

第二章 人生若只如初见

同感。

"还是不肯吃药?不是去看了那个什么外国专家?"老林用几乎是私语的声音询问林颂。

"不吃,也不肯看任何心理医生。"

"哎,都是小皓,我才有了这份工作,要不然我这个年纪,你妈病得这么重,日子真是没法过。"

"爸,要叫吴总。"

"我不管,认识那天,是他让我这么叫的,我就一直这么叫。"

"益皓和以前的他已经不一样了。"

林颂的眼帘突然映入他和益皓第一次见面的那一天:

上海海华大学是一所上海的重点理工一本,也是吴承鲁的母校。当年他千里迢迢从山东考到这里的时候,这里还是一所以土木建筑为长的专业学院。之后在吴承鲁的资助和发展下,海华才有今天的成绩和地位,成了华东地区首屈一指的工科名校。

新学期,迎新日,学校里人山人海。校园的红色大横幅下挤满了全国各地前来报到的新生。吴益皓和林颂在人群里都是那么不起眼,但是吴益皓的颜值不允许他这么低调下去。

阳光下，只是简单的白衬衫，拖着银色旅行箱的吴益皓显得神采奕奕。虽然他的脚下踩着一双半脏的回力球鞋，但新剪的长度正好的短发，衬着部分男明星排队去整容医院才能达到的三庭五眼比例，让人挪不开眼，仿佛一个隐形的发光体。他朴素干净得让人心动，腕上一只劳力士手表是来自父亲的赠送，恰到好处而又不喧宾夺主。

吴益皓四处张望，突然吴承鲁严肃而又沉稳的声音出现在了吴益皓脑海里："小皓，去学校是去学习的。爸爸最看不惯那些不学无术、四处炫耀的富二代。记住要低调，不能炫耀和让别人知道你的家庭，低调就是有腔调。"

吴益皓伸了伸懒腰，却发现周围有无数的女生都呆呆地看向他，见他回头又不好意思地撇开目光。在以前的高中，他早就习惯了。为此，张百莉瞒着他到学校跟他班主任严肃地谈了好多次，希望自己儿子的精力放在学习上，不要和那些女同学有过多的牵扯。因此，吴益皓的爱情经历是一张白纸，也不怎么上心，尽管他收到过很多情书和半红着脸的表白，但他从来没有放在心上或者答应任何人的表白。

第二章 人生若只如初见

林颂穿着半旧的高中校服,脚上踩着一双20世纪流行的塑料凉鞋走在学校林荫路上,鞋微微的有些不合脚,像是从哪个不怎么富裕的父辈那里继承下来的。他连行李箱都买不起,只能拖着两个蛇皮袋。背后破旧的双肩包,过时的卡通图案显示出久远的年代。在行走的时候,他从未抬起过自己低着的头,即便他是他们村第一个考上了上海海华大学的学生。

林颂的橡皮布粘贴过的眼镜因为饱经沧桑,所以从鼻梁上滑落了,轻轻地、毫无防备地掉落在了吴益皓的脚边。吴益皓看见了,弯下腰将眼镜捡起来递给了林颂。

林颂抬头看着比自己高半个头,帅气高大也在东张西望的吴益皓,心生自卑,只暗暗地想:"没事的,没事的,他长得这么帅,读书肯定比我差,怎么会考上海华大学建筑系呢?"于是他用自己最自信的语气,给自己壮胆:"同学,上海电影艺术学院是隔壁,你是不是跑错了?"

吴益皓咧嘴一笑,原来他笑起来活像个单纯质朴的傻大个,和面无表情时的高冷范相去甚远:"不不不,我是来海华大学报到的。"

林颂心里一沉,似乎不想罢休:"你是海华大学专科的?"

"不不不,我是建筑系的新生,我叫吴益皓,你呢?"

"我,我也是建筑系的,我叫林颂。"

"我在找西校区玫瑰园512寝室。"

"什么?我也是玫瑰园512的。"

好吧,林颂心想,一股自卑和带着酸味的嫉妒默默地涌上心头。

第三章 玫瑰园512里金胖子的炫耀

上海的八月,闷热得让人受不了,过了黄梅的三伏天,仿佛是秋天给的下马威。林颂拒绝了吴益皓的帮忙,上气不接下气地背着他笨重且体积大的蛇皮袋,三下五除二地爬上了五楼,很快找到了512宿舍,吴益皓在后面紧跟着上来了。

上海海华大学玫瑰园的宿舍是由20世纪的教学楼改建的,算是历史保护建筑,这就意味着它能改造的地方非常有限。吴益皓走进宿舍楼,无意识地咳了好几下,大约是被这历史的尘埃诱发了过敏的体质。

六人铺的宿舍此时已经到了三人,还有两个家长,大家都寡言少语地开始整理床铺和行李,吴益皓和林颂也默默地开始整理床铺。

吴益皓手脚麻利地摊开自己的床单铺好,对铺新生王大为的父亲正在帮自己的儿子整理床铺，他的儿子王大为更像是一个无所事事的少爷，看着父亲爬上爬下地把自己的东西分门别类地放好。陶浩田也是他们的室友，他的母亲是全寝室目前唯一的女性，婆婆妈妈地用上海话唠叨着。

哼，妈宝！林颂把心中的羡慕和嫉妒都放在了这个词上，因为负担不起额外的火车票，他的父母还远在千里之外的宁夏枸杞田上劳作。

他故意"哐当哐当"地放下自己的两个蛇皮袋，里面的物品发出了巨大的响声。

大家都看着他，他重重地抖了抖自己的那条旧床单，以此发出无声的抗议。

陶浩田的妈妈默默地看着他，发出了一声上海话嘀咕："啊呀，这不要是个神经病哦。"

林颂虽然没来多久，还是听懂了这句上海话："你说谁是神经病？"

陶妈妈被吓了一跳，转过身来，对吴益皓用上海话说："你是上海人吧，那个，我们要不要一起去找辅导员，换个寝室？怪吓人的哦。"

吴益皓看了看林颂，用上海话对陶妈妈说："阿姨，林

第三章 玫瑰园512里金胖子的炫耀

颂伊（他）刚从外地来，不太适应环境。他人挺好，侬（您）放心啊。"

林颂诧异地看着吴益皓，讪讪地有点不好意思。他红了脸，转过身来，把做事的手脚放轻。

刚出去打水擦拭写字桌的涂利江走了进来，和王爸爸以及陶浩田的妈妈规规矩矩地打招呼，显得礼貌又规矩，果然他的行为从家长的目光里显示出这明显博得了他们的好感。

涂利江用自己带来的抹布抹了抹桌子，乖巧地给在里侧拿东西的吴益皓让了路。

这时，门口有个穿着西装打着领带提着箱子的人，刚来到512门口，马上大声嚷道："老板，找到了，这里，这里。"

只见一个胖乎乎，看上去肯定缺乏锻炼，头发梳成三七开，戴着金丝边眼镜的老成青年冲了进来。虽然他的皮肤质地和肤色都显示了他娇生惯养和年轻的事实，但他的油腻感让人感觉他好似是一个中年大叔，而不是他这个年轻人。

"来来来，把我箱子放这边。然后，帮我把东西理一下。"这个胖子旁若无人地开始指挥起那个已经被西服闷得满头大汗的跟班,然后自己一屁股坐在凳子上,开始玩自己的游戏机,这是当年的最新款,把陶浩田看得眼睛都直了。

霎时,胖子意识到寝室里的目光都向自己集中,自己已经成了焦点,不过他似乎对此非常享受和自豪:"哎呀,忘记自我介绍了。我叫金晓伟,这个是李三财,我爸企业里的员工。"

胖子见大家还没收回目光,忙不迭地补上一句:"我请大家吃饭,对了,这附近有没有比较好的饭店?"

在学校附近的一家酒店里,庸俗的壁纸贴满四周,金色包脚的椅子横七竖八地放着。金胖子正在点菜:"我看看海鲜在哪儿?什么?这个没有,这都没有你开什么饭店?"

林颂心里不是滋味地看着金胖子,其他几个男生也变得很拘谨。只有吴益皓娴熟地用酒店免费的茶水,洗刷着筷子和碗,罢了,再从包里掏出一包湿纸巾,仔细地擦拭着餐具。

金胖子点完菜,看见吴益皓手上那只闪闪发光的劳力士限量款,突然停住了目光,随后换了一个态度,带着试

第三章 玫瑰园512里金胖子的炫耀

探和好奇:"哟,哥们,表不错啊,这是劳力士。"

大家的目光瞬间都集中在吴益皓的手表上,吴益皓抬起手腕,看了看自己的表,眼都不眨一下开始说起了瞎话:"哦哦,假的,我爸在城隍庙买了送给我的。你说这叫什么,劳力士?"

金胖子的神态松弛下来,马上恢复了骄傲,接着问起来:"大家喜欢喝什么酒,啤酒、黄酒、白酒还是干红?"

吴益皓看都不看他一眼:"谢谢你,我要可乐,健怡可乐。"

金胖子有点惊讶:"你不会喝酒?不会喝酒学起来,要知道在社会上混酒量可是很重要的。"

吴益皓一语不发,其他人唯唯诺诺。只有王大为一脸讨好:"说得好,我们一块喝。"

酒过三巡,金胖子打开了话匣子:"你们知道吗?隔壁电影表演学院的校花网上前两天评出来啦!"

吴益皓低着头吃自己并不爱吃的毛血旺。林颂低头扒拉着自己的那碗白米饭,似乎想要搞清楚一个世界难题:饭碗里有几粒米?陶浩田、王大为、涂利江都表现得很感兴趣,特别是涂利江,他对金胖子说:"知道,那个葛晴晴嘛。"

"我跟你说，我要追她。"

"那你应该先减肥。"吴益皓出人意料地补了一刀。

大家哄堂大笑。

第四章　校花驾到

吴益皓装作漫不经心，回寝室就偷偷搜索了葛晴晴，并找到了她的人人网账号。

葛晴晴看上去并不是一个透明的女生，吴益皓从她的人人网内容来看，感觉她很神秘也很特别。

一般女生的人人网，都充斥着追星、星座八卦和吐槽。但葛晴晴发的都是电影影评，而且看上去层次很高，有些电影吴益皓连听都没听过，更不用说什么蒙太奇手法、长镜头还有希区柯克之类的。

吴益皓看到了葛晴晴的照片，这是一个长相有些成熟的女生，最吸引他的是那双逆天的大长腿，皮肤虽然不那么白皙，却是健康的小麦色。

吴益皓心想，哪天确实要认识一下。于是金胖子提议去电影学院看美女并搭讪葛晴晴的时候，他居然想都没有想就报名了。

这天周五在食堂吃完晚饭，金胖子、吴益皓和涂利江三人就打算混进电影学院，去打探一下情况。

走到电影学院门口，看到停着好几辆拉风的跑车。吴益皓看了一下，有一辆兰博基尼和法拉利，其余也是宝马奔驰的敞篷车，还有一辆玛莎拉蒂。不一会儿，有一个穿着短裤和吊带背心的女孩，踩着恨天高跨进了那辆兰博基尼。

"啊啊啊，那不是李淑淑嘛？"

"谁啊？"金胖子伸长脖子的同时不忘记询问。

"她你都不知道，就是那个在《几分秋雨几分愁》民国剧里面演二小姐的呀。"

"什么电视剧，听都没听过。"吴益皓颇为轻蔑地抛出一颗口香糖，落入口中，满脸不屑地嚼了起来。

目送着兰博基尼消失在街头，三人按照早就准备好的计划行动，准备搭讪葛晴晴。

这个计划是吴益皓想出来的，一共花费了20元人民币的成本。

吴益皓掏出那张用葛晴晴学校网站上的标准照伪造的

第四章 校花驾到

电影学院学生证,和金胖子及涂利江,埋伏在了葛晴晴回寝室的必经之路上。

不知道是吴益皓的调查工作做得好,还是金胖子长得很像发胖的丘比特,抑或是涂利江最近运气特别好,不一会儿,他们就看见了自己想要遇见的女神。

葛晴晴从学校的林荫道上走来,伴着略略昏暗的夕阳西下,她轻快而又带着节奏地走来,步态很优雅,像一只猫。

她身上穿着一件酱紫色的羊毛开衫,里面是一条简单的白色衬衫裙,脚上一双白色船鞋,手上捧着几本书,背后一个黑色的帆布双肩包。披肩发柔顺地往后飘着,没有刘海。

吴益皓使了个眼色,三人按照计划分头开始行动。

涂利江先开始了自己的表演,他按部就班地把自己的手机调好了静音交给了金胖子。

涂利江用自己最可怜的表情,大步走向目标。

吴益皓此时保持距离,尾随在后面准备行动。

涂利江冲到了葛晴晴的面前,略带哭腔地说:"同学,你好!我手机找不到了,能不能借一下和我的女朋友打个电话。"

蹉跎岁月 才学会的爱

虽然涂利江明明是一个初恋都没有的单身狗,但是吴益皓让他这样说的目的是避免葛晴晴起疑心,如果被拆穿是搭讪的话,十有八成是不会毫不知情地把手机借给他的。

涂利江深知自己高攀不起葛晴晴,因此甘愿牺牲形象,不,充实履历,做一个已经有女朋友的成熟男人。

葛晴晴抬起自己的星辰美目,望了望装得十分焦急的涂利江,于是拿出自己的手机,那是一只深粉红色的诺基亚,上面挂了一个穿蛋糕裙的蒙奇奇。

涂利江控制住自己的表情,在葛晴晴的手机上飞快地按下了自己的号码,金胖子在角落里不费吹灰之力地看到了显示屏上的号码,于是赶快用自己的手机发到了他们三人的短信里。

涂利江说了声谢谢,赶快快步走到金胖子的所在地汇合。

吴益皓此时粉墨登场,他拿出了伪造的学生证,然后大喊:"那位女同学,你的学生证掉了。"

葛晴晴捏了捏自己口袋里的学生证,还是回头看了一眼。

她看见一个穿着灰色 polo 衫,米色裤子,脚踩回力鞋

第四章 校花驾到

的阳光大男孩,站在学校满是枫树落叶的林荫道上向她招手,挥舞着那张显然不属于她的学生证。灿然的笑容,儒雅的气质,显得质朴又真诚。她不禁转过自己的身子向他走去。

"你的学生证掉了。"吴益皓说话的同时,心也开始怦怦地跳动。

"这应该不是我的学生证。"

"哦哦哦,这不要紧的,你仔细看看有没有东西掉了。"

"不管怎么说谢谢你。"

"对了,你怎么称呼啊?"吴益皓明知故问。

"我叫葛晴晴。你呢?"

"吴益皓。"

"你是表演系的?"

"不不不,我是隔壁海华大学的。"

"哦哦哦。"

"我回头加你人人网?"

"可以啊。"

吴益皓看了看转头就走的葛晴晴,忍不住自己比了个"yeah",开心地向与金胖子的汇合点走去。

5

第五章　追求者的自我修养

吴益皓这些天除了上课、认真学习之外，就在寝室里抱着一本书看，是斯坦尼斯拉夫斯基的《演员自我修养》，这是葛晴晴最近在人人网上贴出的新书。金胖子拉着寝室里的其他哥几个开始玩 DOTA，甚至豪言只要林颂加入，就送他一台电脑。林颂为了新电脑，也开始学习这种键盘手指、鼠标双击技术。果然，一台戴尔的笔记本电脑很快到了自己的手里，五人联盟外的吴益皓显得格格不入，整天沉浸在自己的书本世界里，当他又一次拒绝了加入"魔兽世界"的邀请之后，起身去洗手间。

趁他上洗手间的空档，最为八卦多嘴的涂利江打开了话匣子："你们说，益皓神神秘秘的，也没听过他家里到底什么情况，整天就是看书。"

金胖子刚被人秒杀，心情有些不好："哎，　看就是知识分子家庭，这种知识分子都清高。"

王大为担心地说："他每天十点半就睡觉，从来不熬夜。"

林颂颇为不满地说："我觉得他娘得很，洗个手都要擦那个什么油，衣服每周都换。看上去没什么钱，电脑却买最高档的苹果，用的也都是名牌，家里肯定很宠他。"

陶浩田火大地说："快点开始，别啰唆了，快 game over 了。"

"快别说了，他就要回来了。"涂利江赶紧通风报信。

吴益皓一回来就一屁股坐在电脑前，在葛晴晴的人人网帖下留言："斯氏表演体系的影响深远，但他的生活体验派是否已经过时了呢？"

接着，他打开一本贝聿铭的设计研究，一边仔细阅读一边做笔记。

这会儿五人团决心进行"老坛酸菜攻势"，这酸爽，无与伦比。

林颂故作好心地第一个发动进攻："益皓，你怎么这么用功，歇歇吧。"

吴益皓头也不抬，他正戴着自己的耳机听着保尔·莫利亚。

"有的人就会假用功，就知道学习，书呆子。"金胖子不怀好意地说。

"你肯定是傻，脑子被糨糊填了吧。"王大为不客气地补刀。

涂利江打了个圆场："别叫啦，听不见，他戴耳机呢，专心打。"

大一第一学期快结束了，但学校里的学习气氛并不浓。受够了高中学习和高考摧残的年轻人，早就把他们的努力、精力和激情在进入大学之前消耗掉了，因此大多抱着六十分万岁的心态，应付着将要到来的期末考。

吴益皓考前从来不会抱佛脚，但分数也能保持在中游偏上，金胖子和涂利江基本不学习，因此需要让林颂提供笔记。

正在考试复习进行得如火如荼时，吴益皓收到了葛晴晴的回复：期末我们学院有我参与的演出，是果戈理的《死魂灵》，欢迎你来看，结束后我们可以讨论斯氏表演体系。

吴益皓开心得仿佛一个年幼的孩子第一次吃到生日蛋糕，他想送给葛晴晴一个礼物，但送什么好呢？他抓耳挠腮地开始思考。

第五章 追求者的自我修养

他开始疯狂地对葛晴晴的人人网进行分析研究，试图得出一个最好的结果。

他不知道，或者没意识到，对葛晴晴发起攻势的也许不只他一个，而他单纯又纯净的内心未必是一个很好的加分项。

吴益皓想了又想，其实他从来没有真正意识到忙忙碌碌的父母的工作及社会地位代表什么，他只是听从父母的话，刻意隐瞒。

送什么好呢？吴益皓决定去百货商店逛逛，口袋里揣着自己节省下来的五千元零花钱。

他跑到徐家汇附近的汇金百货开始挑选。他先排除了化妆品区域，因为即便葛晴晴化的是裸妆，他也分辨不出，他对此一窍不通。

衣服什么的，他觉得不合适得很，况且他对葛晴晴的尺寸不甚熟悉。

等走到顶楼的工艺品店，他突然定住了眼光，看到一家欧洲进口的陶瓷品牌店，里面的人物塑像精致又富有艺术气息。他想了一想，看中了一个天使雕像，于是立即买了下来。

蹉跎岁月 才学会的爱

  吴益皓叮嘱店员,让她小心翼翼地包装好。然后找了一张卡片,略一思索,提笔写道:"送给我的费雯·丽,希望成为你的劳伦斯·奥利佛。"然后露出了傻大个的笑容。

  钱还剩下那么一点,吴益皓马上走到隔壁港汇的新华书店,买了一本平装版的《死魂灵》,打算在这之前看完。

第六章　科罗博奇卡的爱慕者们

不知道是不是葛晴晴的原因，通过《死魂灵》，吴益皓迷上了俄罗斯文学，整天为分清几大"斯基"和那些拗口的人名的目标进行反复学习。连上晚自习，都带着本《复活》。这样周五晚上就是葛晴晴的演出了，吴益皓拿着装在天蓝色盒子里的天使瓷塑，买了几支马蹄莲，开始思量晚上到底穿什么好。

还是 business casual（商务休闲装）吧，显得既不正式又不随便。

于是他找出那条不长穿的家里阿姨烫过的法国服装名牌鳄鱼的休闲米色西装中裤，上身挑了一件黑的衬衫，脚上穿了一双进口的黑色两侧白条的运动板鞋，穿上厚厚的加拿大鹅外套。头发是前天刚理的，胡子也是早上刮的，就这样吧。

蹉跎岁月 才学会的爱

金胖子看着神采奕奕的吴益皓,心里十分嫉妒和羡慕,自从迷上了游戏,他似乎把要追求葛晴晴的豪言壮语抛到了九霄云外,此刻也继续不在意地又陷入了游戏中,只在心里暗自思量道:这小子这么打扮看上去真帅啊,至于为什么要打扮这么帅这个关键点却无暇深入。

连男人都这么想,那吴益皓今天肯定是真帅。

帅气的吴益皓带着自己的礼物和花束,踌躇满志又兴奋地来到了隔壁电影学院的礼堂。他找了第二排中间的位置坐下,因为来得早,所以人还不多。礼堂里的墙是淡淡的米黄色,配着酒红色的座椅和幕布,有一种戏剧世界序曲般的雅致和神圣感。

这种感觉很快被喧闹的一群人的脚步声打破了,只见一群工人搬着五六个红玫瑰做成的花篮到了礼堂。吴益皓定睛一看,中间的纸板都用烫金的字母写着葛晴晴的英文名 Anita Ge(安妮塔·葛),他低头看看自己准备的马蹄莲,显得寒酸而清冷,不仅有些难过和沮丧。

但是这样的红玫瑰也很俗气嘛,吴益皓给自己打气道。

演出快开始了,礼堂里坐的人也不多。不一会儿,只见一个中年男子在周围人的簇拥下来到了第一排,就在吴

第六章 科罗博奇卡的爱慕者们

益皓前面的座位坐下了。

吴益皓看不全男人的样貌,但是他的手上戴着一串佛珠,上面还镶了一个金色的貔貅,这是他举起手时吴益皓看到的。

这时,一个虽然年过半百却很有气质的老师模样的女人也走到了第一排,她看到那个中年男子,有些生气地叉腰站在他面前:"先生,第一排是给我们指导老师坐的,你不要坐这里好吧?"

那个中年男子四处张望,似乎有些尴尬:"哦哦,我是来看葛晴晴的,你们排的是那个什么,"死神灵",对吗?"

吴益皓无语地努力憋住笑,开始有了点自信。男子在向老师一顿道歉后,马上坐到了吴益皓的旁边,吴益皓打量了这个戴着金貔貅的中年人,决定先刺探一下敌情:"怎么称呼?"

中年人笑笑:"我是王士禄,做点工程承包,来这里找美女。"

吴益皓见对方也没设防,接着问:"那些个花篮是你送的?"

中年人摇摇头:"不是啊。"

那会是谁呢?吴益皓纳闷了。

蹉跎岁月 才学会的爱

演出马上就要开始了，不一会儿，只见一个跟吴益皓差不多大但个子略矮一些的人和其他学生一起走进了礼堂，之所以显得鹤立鸡群是因为他穿着三件套的正装，他走到那些花篮前仔细端详了一下，似乎十分满意。

吴益皓心想，这应该才是真正的情敌吧。

大幕缓缓拉开，大家都把焦点聚集到了台上的演出。葛晴晴饰演的科罗博奇卡在台上推销着蜂蜜，吴益皓觉得她的台词和节奏棒极了，在谢幕的时候忍不住把手都拍红了。

一结束，吴益皓迫不及待地跑到了后台去找葛晴晴，他心中想好的一万个开头被眼前的场景打破了，只见那个穿着三件套的男人正坐在葛晴晴旁边，抢先一步与她聊天。后来，吴益皓看见那个三件套拿出一个 Tiffany 蓝的盒子，里面是一条项链。

他看看自己手里的礼物，有些不自信和懊恼。

第七章 "三件套"和"傻大个"的初次交锋

吴益皓呆呆地看着"三件套"站到葛晴晴身后,要帮她戴上这条项链。"傻大个"果然是傻大个,男人中的傻白甜,吴益皓一个箭步冲到葛晴晴面前,用自己觉得最凶狠的眼神望着那个"三件套"。那个穿着三件套的男人瞬时停住了自己的手,也充满敌意地望向他。

这难道就是传说中的"王之藐视",又或者是情敌的相互抗衡。

葛晴晴的眼睛转向吴益皓,瞬时离开自己的座位向他跑去,似乎根本不在乎"三件套"和他的项链。

吴益皓瞪着"三件套",流露出胜利的表情。"三件套"的眼神开始有一些愤怒,但是慢慢地,他的神情转化成了另一种样子,似乎在用另一种方式与吴益皓交流,而主题应该是等着瞧。

吴益皓把花和礼物递给葛晴晴，葛晴晴接过来，正要打开，吴益皓制止了："回家再拆吧。"葛晴晴听话地把礼物放进了自己的背包，连演出的妆都来不及卸干净就匆匆走了。

吴益皓和"三件套"都急忙上前，表示愿意送她回家，但都被葛晴晴婉拒了。

吴益皓带着胜利者的姿态，正准备得意扬扬地离开。"三件套"站在他面前挡住了他的路，露出了玩世不恭又带有一丝邪恶的笑容。

"你想干什么？"吴益皓不客气地问道。

"认识你咯。""三件套"用香港口音的普通话毫不示弱地回击道。

"我不想认识你。听口音，你是从广东来的。"

"我是香港人。我叫 Stewart（斯图尔特）。""三件套"伸出了自己的手，期待与吴益皓来一个"友好"的交流。

吴益皓一点都不耐烦："说中文名，你现在是在中国内地。"

"江衡伟。"

"吴益皓。"

第七章 "三件套"和"傻大个"的初次交锋

"我请你喝酒?"

"我从不喝酒。"

"有 soft drink(不含酒精的饮料)的。"

"好。"

上海半岛酒店的酒吧里,吴益皓和新认识的江衡伟坐在靠窗的位子上,江衡伟拿着自己的那杯长岛冰茶,悠悠地望着在那里用吸管猛吸健怡可乐的吴益皓,场面有些尴尬。

"我说你在空调房里都穿这个,这里热,外面冷,出去不怕感冒吗?"

"我在英国读 Boarding School(寄宿学校)的时候就习惯这么穿了。"

"我看你是真心喜欢 Anita(安尼塔)的。"

"原来你不是啊?你们香港人那套我也听说过的。"

"啊呀,我和这种小女生,数量多了去了,就是图个开心,你不亏我不亏,大家最后都扯平了。"

"你那个是结婚戒指吧。"

"是啊,家里安排的,我也没办法,我太太很理解的,大家各取所需嘛。"

吴益皓看着他，一言不发，最后还是开了口：

"你跟葛晴晴到底什么关系？"

"没有什么关系。她是我下一个 target（目标）啊。"

"你这不是玩弄女性吗？"

"什么年代了还这么老土？你们内地跟香港的发展还是有差距的，我们香港很多人就是这个规矩啦。"

"什么？"

"女人嘛，玩完了就和平分手，我会给补偿的，到时候分手费肯定包她满意。"

"服务员，再来一罐可乐。"吴益皓突然来了一句。

冰凉的可乐到手，吴益皓使出了全身的力气，死命摇晃，冷不丁打开盖子往 Stewart 身上扔去。

"你干什么？×××。"Stewart 慌不择言，开始骂起吴益皓听不懂的广东话。

吴益皓年轻气盛，扑上去给了 Stewart 一拳，Stewart 也不甘示弱，酒吧斗殴似乎是在兰桂坊早就练习过的技巧。

深夜，上海外滩某派出所。

Stewart 和吴益皓带着脸上的乌青安分地蹲着，一个疼得咬牙切齿，一个直吸冷气。

第七章 "三件套"和"傻大个"的初次交锋

一会儿,千豪集团的董秘董萌来了,她看着吴益皓鼻青脸肿的样子,皱了皱眉:"怪不得这么晚打电话给我,被……"

吴益皓连忙打断她:"姐,谢谢你,少说两句,不好意思。"

"哎,你呀。"董萌恨铁不成钢地说着,但很快就和民警交涉好了。

显然,江衡伟还没有人来解决他的问题,只能默默地仰望窗外的星空。

董萌让司机把吴益皓送回学校,一路上对他进行了思想教育,可吴益皓虽然一言不发,却觉得为葛晴晴打那花花公子,绝对值了。

第八章 约会的前奏

寒假的时候，吴承鲁给吴益皓的任务是去工地当实习工程师。

说是实习工程师，其实就是打杂嘛，吴益皓在心里嘀咕着。

除了千豪集团的核心班子，没人知道吴益皓和吴承鲁的关系，因此接待他的李工也没给他什么好脸色看。

李工是个面糙心糙的糙汉子，脸上的皮肤被晒成深深的古铜色，他一把丢给吴益皓一个安全帽，然后就絮絮叨叨地开始给他科普安全事项。

"你小子给我注意点，不照规章制度办，脑瓜撞坏，瘫痪都是轻的，小命没有了，就拉倒了。"

吴益皓心想，这老李还挺靠谱的，话糙理不糙啊。

坐上陡峭的临时电梯，江景房的概况吴益皓已经了解了个大概，天皇九江楼盘的开发进度也在心中有了个

第八章 约会的前奏

七七八八。

到了目的地,突然吴益皓的摩托罗拉手机响了一下,发出"Hello Motor"(你好,摩托)的提示有一条短信。吴益皓马上打开手机,一看是葛晴晴发来的,乐不可支。

"我在嘉年华打暑期工,做临时舞蹈演员,有空的话晚上过来看看?"

"好的呀,我也在实习。结束时给你发短信。"

李工看着吴益皓脸上泛起的傻笑,往他屁股上轻轻打一下:"小囡,认真点。"

实习一结束,吴益皓迫不及待地坐着地铁回家,避开早晚高峰。

市中心的老洋房里,张百莉正坐在客厅里,全神贯注地看着张氏集团的报表,听助理文秀的汇报。

"妈,我回来了,我先去冲个澡,晚上有事情,会晚点到家。"吴益皓把自己的包往阿姨那里一扔,三步并作两步地冲上了二楼,到自己的卫生间去洗澡。

张百莉也跟着上了二楼,在吴益皓的房间写字台前坐着,等吴益皓洗完澡。

吴益皓穿着平角裤就走了出来,猛地看到自己的妈妈,显然被吓了一跳。

蹉跎岁月 才学会的爱

"妈,你是猫啊,走路都不带声音的?"

"你不做贼心虚,怕我干什么?"

"什么干什么,你儿子都是成年男人了。"

"你是我生出来的,我又不是没见过男人。说,晚上去干什么?"

"不干什么,同学一起约着去嘉年华玩玩。"

"哪个同学?"

"同寝室的。"

"谁?"

"林颂。"吴益皓的脑子里突然闪过一个名字。

"早点回来。我让阿姨给你留门。"张百莉走出了吴益皓的房间,顺便关上了门。

吴益皓长舒一口气,胡乱套了件毛衣,拿起自己的羽绒外套就赶紧往外跑去。

在门口撞上了坐在奔驰车内的吴承鲁,吴承鲁摇下车窗问:"这么火急火燎是去干什么?"

吴益皓往侧门转身就走,大声喊道:"去见同学。"

嘉年华现场,灯火璀璨的一排排游乐设施被暂时放在开阔的场地上,吴益皓看了看许多人正在精心做准备工作,

第八章 约会的前奏

就打了个电话给葛晴晴,问问她现在在哪,两人约好了一起吃晚餐的。

葛晴晴的手机始终无人接听。

吴益皓发了一条短信:"你在哪里?我到嘉年华了。"

葛晴晴还是没有回复。

估计在忙,吴益皓找了个台阶坐着,一直盯着手里的手机看。

过了一会儿,手机来了一个电话,显示是葛晴晴。

"你回头。"电话里的女声说道。

吴益皓回头一看,只见穿着米色大衣、白色高领毛衣和紧身牛仔裤、脚下踩一双 UGG 雪地靴的葛晴晴微笑看着他。

吴益皓心头一紧,忙走了过去:"想吃什么?"

"吃面。"

"苏式汤面还是日本拉面。"

"都行,那就还是吃苏式面吧。"

于是,吴益皓和葛晴晴并排走着,到附近的一家苏式面馆去吃他俩的第一顿饭。

第九章　原来你也喜欢吃黄鱼煨面

和美面馆是一间看上去经营时间已经很长的苏式面馆，老板娘是一位穿着讲究的短发妇女。她的手上戴着翡翠戒指，头发剪短染成褐色梳得又高又蓬松，穿着墨绿色的套装和同色翡翠的耳坠，很会招呼客人。

"先生小姐，来啦，这边坐。小妹，拿菜单过来。"

吴益皓和葛晴晴分坐在一张中式八仙桌的两侧，没等吴益皓动手，葛晴晴从包中取出湿纸巾，开始擦拭筷子和调羹。吴益皓一愣，也从包里拿出湿纸巾，两人相对一笑，仿佛似曾相识。

连习惯都一样，真是有缘哪，吴益皓感叹道。

刚开始看菜单，葛晴晴却开口了："我们点一份，加点面就够了。"

吴益皓思考了一下，两人几乎同时说道："黄鱼煨面！"

第九章 原来你也喜欢吃黄鱼煨面

老板娘笑眯眯地看着他俩,把菜单收了,然后对着后厨喊道:"黄鱼面,加两份面。"

吴益皓看着葛晴晴,葛晴晴看着吴益皓,两人也不说话。

还是老板娘打破了僵局,上面的时候发出了声音:"两位的黄鱼面来啦。"

葛晴晴礼貌地说道:"谢谢,给我们两个小碗。"

"好嘞。"

小碗拿上来了,碗壁还是温热的,吴益皓拿了醋罐,往两个小碗里倒了约一勺醋,然后拿出早就准备好的公筷,熟练地一夹,把面分在两个碗里,用勺子加了少许面汤和咸菜叶。

"我只吃一口面就好,晚上还有演出,不能太饱。"

"嗯。"

两个人闷头吃面也没有说很多的话。

吃完面,吴益皓主动去结账,拿出信用卡,老板娘看了看说:"不好意思啊,我们这里刷不了卡。"

正在手忙脚乱掏现金的时候,葛晴晴准备好了现金给了老板娘。

真是太丢人了，吴益皓心想。

葛晴晴主动说："以后出来都 AA 啊，你给我十二块。"

吴益皓点头如捣蒜。

"原来你也喜欢吃黄鱼煨面啊。"吴益皓好不容易憋出了一句话。

"是啊，我家就住在阿娘黄鱼面附近的。"

"是吗？"

"你家住在哪里？"

"啊？我家啊？"

"泰安路。"

"那一条路都是老洋房啊。"

"对对对，七十二家房客嘛。"

"哦哦哦，那我们差不多啊。"葛晴晴说："我也住得比较挤的。"

吴益皓心里暗暗发誓：绝不能暴露身份啊，绝对不行。我要她喜欢我这个人。

"你干吗？表情像是吃辣椒辣到了。"葛晴晴调皮地望着他。

"啊，没有啊。"

第九章　原来你也喜欢吃黄鱼煨面

"还说没有,一会来看游行啊,我跳的是周董的《简单爱》。"

"好。"

"那一会儿见啊。"

"一会儿见。"

吴益皓心想,根据他看的偶像剧和言情小说,男主一定要高冷,所以他决定自己给葛晴晴展示的形象就应该是高冷。

"我要话少、深沉,表现得成熟。这样才讨人喜欢啊。"吴益皓根本没有意识到自己的幼稚程度。

他与葛晴晴再见后,默默走向嘉年华前的摊位。

"欸,益皓,怎么是你?"在摊位前手忙脚乱铲爆米花的林颂诧异地看着他。

"林颂,你怎么也在这儿?"

"打工啊,我要吃饭的。"

"哦,那你忙。"

"等一下,不好意思,小姐,谢谢惠顾!"林颂探出头来:"等一下,益皓,我有事要麻烦你帮帮忙。"

吴益皓是个热心肠的傻大个,于是停下了脚步。

"那个,我妈想来上海看病,想问问你上海看肺癌的

蹉跎岁月 才学会的爱

医院哪个比较好。还有啊,你家不是住市中心吗,看上去条件挺好的,能不能让我爸妈借住一下?打地铺也不要紧的,就几天,拜托啦。医院附近的酒店实在是太贵了,我们负担不起啊。"

"没事,我回家跟家里商量商量。"

"太好了,有消息麻烦尽快告诉我。"

"哦,对了,你一个人来嘉年华?有同伴吗?"

"呃,没有,我就随便逛逛。"

"没事,这桶爆米花请你了。"

吴益皓思量道,真是巧啊,这次帮了林颂,以后和葛晴晴约会可以用他打掩护,所以一定要说服爸妈让林家人留宿啊。

吴益皓在回家的路上一边嚼着焦糖爆米花,一边思考如何帮助林颂。当他收到葛晴晴的短信时,才发现自己错过了她的舞蹈表演。

葛晴晴倒是很大度:"没事的,每天都有的,你下次再来看好了。"

吴益皓心想,有了林颂,我确实可以多看几次。

10

第十章　林宪斌、李素花光临吴宅

　　林颂去上海火车站接自己的爸爸妈妈，林宪斌搀扶着妻子李素花，破天荒地打了一辆出租车来到了吴益皓短信上的地址。

　　当车子驶向泰安路附近的时候，林颂朝窗外仔细地打量。泰安路是一条很有老上海风情的街道，颇有闹中取静的感觉。法国梧桐慵懒地分布在两侧的街道上，树影交错斑驳，蝉声此起彼伏。出租车停在一个圆形的水泥砌成的拱门前，司机说："喏，你们说的 8 号应该就在这里面。"林颂付了车费，帮助父母从车上拿下简单的行李。

　　他们到了八号门口，看了看宽阔、气派、崭新的大门，不由吃了一惊。门和围墙是一体，用灰色的水泥漆刷得像欧洲房屋那样坑坑洼洼，完全看不见里面的情况怎样，围墙顶部是水泥同色漆的盖顶，黑色铁艺门上缠绕的枝蔓精

蹉跎岁月 才学会的爱

致又优雅，门上有一个对讲机似的东西。林颂心想那大概就是门铃了，他还没有意识到什么，于是他用力地按下了上面那个画有铃铛图案的按钮，不一会儿，一个有点年纪的女人打开了门旁的铁窗："你们找谁？"林颂说："益皓妈妈，您好！我是林颂，叨扰了。"

阚阿姨有些丈二和尚摸不着头脑，她愣了几秒，突然反应过来："哦，你是我们家吴总儿子的同学吧，前两天说过的，你看我这记性。"

林宪斌带着疑问望向林颂，林颂用同样带着疑问的眼神回应了他。

林颂有些纳闷，但阚阿姨很快就给他开了门。通向米白色主体别墅的是一个很大的花园，左侧有一个喷泉，右侧则是一片花圃，种着山茶花，枝叶茂盛，此时还未开放，也没有花苞。修剪整齐的灌木丛有序地排列着，旁边的平房有五辆车的车位。穿着自己衣服、围着围裙的两个中年妇女正在认真地把昨夜被冬雨淋湿的椅子擦拭干净。大门是厚重的深棕色，配着铜质的把手。阚阿姨吃力地推开大门。

吴家的客厅简单整洁，浅灰色的大理石瓷砖均匀地铺

第十章　林宪斌、李素花光临吴宅

开,铁艺柚木板楼梯旋转着盘绕而下。棕红色的布艺沙发配着藏青色苏格兰格纹的靠垫,地上是一条花纹烦琐的刺绣地毯。

吴益皓穿着家居服站立在楼梯下,露出标准的傻大个笑容对林颂挥挥手,林颂一把抓住他,拽进旁边的卫生间,留下目瞪口呆,东摸摸、西瞧瞧的林宪斌和李素花。

"你个'犊子',怎么不早说。"

"说什么?"

"哇,你家原来那么有钱。"

"这有什么可说的。"

"你小子,真会装。"

"好了好了,我们带叔叔阿姨去房间吧,这附近的公立医院有中西医结合治疗肺癌的实验项目,你妈妈可以参加啊。还有,你得保密,千万别跟金胖子他们说。"

"我要是说了呢?"

"那你妈就别参加我们集团资助的项目了。"

"什么?你们集团。"

"总之,你要管住嘴,我不想让除你之外的人知道,还有你和你爸妈睡一个套间。"

蹉跎岁月 才学会的爱

"你……"

"好了,废什么话,赶紧带叔叔阿姨去房间。"

林宪斌和李素花看着吴益皓,紧张得双手直搓。最后林宪斌哆哆嗦嗦地开了口:"吴老板,谢谢您啊,您是我们的大恩人。我们一家感谢您。"

吴益皓不好意思地摸了摸自己的脑袋:"谢啥,叔叔阿姨,以后叫我小皓就行啦。"

"你看看人家,这么乐于助人。哎呀,我们阿颂有这么个同学真是命好啊。"

晚饭,吴家人一边享用着林宪斌带来的鲜枸杞做的枸杞猪肝菠菜汤,一边看着狼吞虎咽的林宪斌和李素花,以及感到极其不好意思的林颂。旁边的阿姨们,有的觉得好笑,有的用羡慕的眼光看着他们。

吴益皓跟吴承鲁和张百莉表明了最近这段时间晚上要和林颂一起去嘉年华打工,体验生活的要求。林颂也表示会照顾好吴益皓。吴益皓在吴承鲁面前保证自己会提早到家,不影响去做实习工程师。虽然老谋深算的吴承鲁已经嗅到了可疑的味道,并且认为他不影响工作是不可能的,但是看到独来独往的吴益皓好不容易交到了朋友,也只能

第十章 林宪斌、李素花光临吴宅

勉强同意了。

于是,吴益皓的计谋暂时成功。当然,他一直觉得帮助身边的人,比捐大额钱款到所谓的慈善机构要可靠并且对社会有用多了。

第二天,吴承鲁拨通了某私家侦探的电话,要求他们调查林颂一家和吴益皓在嘉年华的具体情况,对方得到了满意的数目,答应说会每天提供照片并向吴承鲁汇报,吴承鲁满意地挂了电话。

第十一章　暧昧的亲吻

夜色朦胧，透着七彩的灯光和薄雾，氤氲着快乐和繁华。吴益皓刚看完葛晴晴的表演，还在望着游行的方向发呆，脚下掉了一堆拿起来没送进嘴巴的爆米花。

林颂一脸生无可恋地看着犯花痴的吴益皓，忍住想要嘲笑他的冲动。

葛晴晴很快换下衣服来找吴益皓，这时林颂乖得像一只猫，赶紧到附近的便利店去，避免成为一个最大瓦的电灯泡。

葛晴晴和吴益皓并排走向街口，葛晴晴一只脚迈向马路，突然一辆闯红灯的电动车飞驰而来，葛晴晴猝不及防，躲进了吴益皓的怀里。吴益皓只觉得自己心跳加速，脸瞬间红了起来，他下意识地用一只手揽住葛晴晴，半是青涩半是欣喜地拥着她。

第十一章　暧昧的亲吻

两个人没有意识到路口的绿灯变了红灯,红灯变了绿灯,就这样呆呆地站了很久,仿佛一眼万年。

吴益皓试探地牵起葛晴晴的手,葛晴晴也没有拒绝。

"Yes!"吴益皓在心里大叫,马上控制住自己极度高兴的表情,恢复了看上去酷酷的模样。

两人就这样过了马路,来到了嘉年华旁边的三角公园。公园有一种静谧的气息,幽静的雪松高高大大地伫立在被短黑铁艺篱笆围住的草坪上,月亮泛起笑容,默默地将月光照射下来。葛晴晴和吴益皓默默地坐在诗人雕塑前的长凳上,没有松开彼此的手,两个人都低着头,不发一语。

似乎该说些什么,吴益皓思量了半天。在他思量沉默的瞬间,突然感到嘴上有一张丰盈柔软的唇贴了上来,他很陶醉,轻轻地回吻。

吴益皓还在沉浸在初次接吻的美妙中,葛晴晴却结束了亲吻,不声不响地递给吴益皓一张餐巾纸,同时借着微弱的街灯,用随身携带的小镜子补了补口红。吴益皓用纸巾擦了擦自己的唇,发现了纸巾上的口红印。

两个人默默坐了一会,葛晴晴突然开口:"你不是说要和我讨论斯氏表演体系吗?"

"啊？哦哦。"话题转换得太快，沉浸在甜蜜中的吴益皓急忙转换思路。

"洗耳恭听。"葛晴晴用手托着下巴，萌萌地望着吴益皓。

吴益皓清了清嗓子："嗯嗯，我认为斯氏表演体系的缺点是它会伤害演员的心理健康？"

葛晴晴眼里的星星变成了问号："啊？"

"对啊。你不觉得吗？"

"什么跟什么啊，你在搞笑吗？"

"哪有，很多演员都是因为太深入悲惨的角色，然后无法走出，出现精神问题的。"

"比如说？"

"玛丽莲·梦露、费雯丽，很多啊。"

"我的天，你倒是够有创意。"

"怎么样，你男朋友厉害吗？"

"谁答应做你女朋友了。"

"我不管，你夺走了我的初吻就得做我的女朋友。"吴益皓指着自己嘴巴，故作恶狠狠地说。

"那，我是你女朋友，有没有凭证啊？"

第十一章 暧昧的亲吻

"你心里有我,记住我是你男朋友就是凭证。天不早了,我送你回家。"吴益皓强忍着想要大笑的冲动,保持表面的镇定。

"不用了,你送我到地铁站就好了。"

"不行,保护公主是我的责任。"

"谁要你保护了,你看上去就像灰太狼。"

"啊,你什么眼神啊?"

"要你管,你明天不是还要去实习吗?你管好你自己吧。"

葛晴晴到了地铁站,半是开玩笑,半是严肃地对吴益皓教训道:"你不要送我回家,你难道不怕我爸妈吗?"

"怎么?你爸妈很凶啊。"

葛晴晴对吴益皓翻了个白眼:"现在还不到把你介绍给我爸妈的时候。"

"那什么时候比较合适?"吴益皓反问道。

"这个嘛,看你表现。"葛晴晴抛下一句,转身向地铁站的自动扶梯走去。

吴益皓见葛晴晴离开,忍不住在路边欣喜地跳了一下,结果撞到了广告牌的边缘,幸好没有伤到。

快到家时,吴益皓一直盯着自己的手机,不一会儿,葛晴晴发了一条短信:"我到家啦,'傻子',早点睡吧。"

吴益皓笑容满面,赶快用拇指点击键盘:"猪,你不睡我能睡吗?"

葛晴晴不甘示弱:"你才是猪,快点睡,不然明天变成国宝!"

吴益皓发了一个问号。

葛晴晴的回复是:"生了黑眼圈不就变熊猫了,这都不懂。"

吴益皓带着标准的傻笑很快就睡着了。

第十二章　吴承鲁的担忧

一个穿着厚外套的人，用镇定却又带着谄媚表情的样子端坐在吴承鲁的书桌前，他转身从自己的公文包里拿出一个大大的信封。看到吴承鲁点了点头，他马上手脚麻利地把信封里的照片一张张排好，随后又拿出一沓订好的文件交到吴承鲁手里。

吴承鲁用戴着眼镜的眼睛仔细地浏览这一张张照片，上面的葛晴晴和吴益皓十分亲昵，还有葛晴晴在公园与吴益皓亲吻的照片。吴益皓不禁皱起了眉头，他的神态变了，似乎这是个他需要仔细思考和考量的问题。

他又拿起了刚放在手边的文件，问道："这就是这个小姑娘的资料？"

"对对对。"那个头发已经花白的男人忙不迭地点头。

吴承鲁浏览的目光突然在某处停下了，他轻轻用手指敲击着桌子，随后缓缓开了口："这个佳丽网是干什么的？"

"哦哦哦。"男人开口道："这个嘛，就是外国开在中国给有钱人找女伴的网站。"

"你说她十七岁就在上面兼职？"吴承鲁的音调开始有些愤怒和紧张。

"是的，根据调查是这样的。"男人的声音也开始有点紧张了。

"不像话，这种女孩子绝对不能让她跟我们家儿子有联系。"

"如果没什么事情的话，我就走了。"男人长舒了一口气，转身准备离开。

"等一下。你上面说她的母亲是下岗职工，父亲是出租司机？"

"对的。"

"我知道了，你走吧。"吴承鲁抿了一口杯中的碧螺春。随后打电话给张百莉，张百莉接了电话："做啥，我在美容院，过会讲行伐（一会讲行不行）？"

"都是你和我最近不留心，儿子在外面跟人家小姑娘处对象，你都不知道！"

第十二章 吴承鲁的担忧

"这不是好事情嘛,难不成你想让你儿子打一辈子光棍啊。他嘛,上大学,也应该找对象了。"

"你看看他认识的这个小姑娘用你们上海话说叫不三不四,算了,电话里说不清楚,等你晚上回来再聊吧。"

家里,张百莉看见吴承鲁一声不响地坐在起居室里,脸色铁青,十分严肃。

张百莉看四周没人,把起居室的门轻轻关好,然后锁上。

她轻轻地走过去,用双手环住吴承鲁的脖子,嗲嗲地说:"老吴啊,又为什么事情生气啊?"

吴承鲁没有挣开妻子的手,但他脸上依旧怒气滚滚:"你看看你儿子。"随即把文件袋甩给她。

"做啥啦?"

"你自己看。"吴承鲁甩开张百莉,双手抱肩,脸侧过一边。

张百莉从自己的包里拿出配套的眼镜盒,轻巧地戴上眼镜,眯眼拿起一张葛晴晴的特写,仔细地端详起来:"哎呀,这个小姑娘蛮好看的呀,我喜欢的,我们从小就培养小皓,他的审美还是不错的。"

"砰"的一声，吴承鲁拿起桌子上的空调遥控器往斜前方狠狠摔了一下，然后一言不发地大踏步离开了。

张百莉看着门口一脸纳闷的阚阿姨，招招手。阚阿姨惊魂未定蹑手蹑脚地走进起居室。

"阚阿姨啊，今天把吴总的铺盖搬到书房，我不要和他一起睡了，这个样子，吓死人了哟。"

阚阿姨连忙使劲点头，往起居室外走去。

"还有啊，你先别走呀。"

阚阿姨停下脚步，回头看向张百莉。

张百莉叮嘱道："今天的事情千万不要让小皓知道啊，知道吗？"

"我知道了，太太。"阚阿姨又使劲点头。

"其他人你也叮嘱一下啊，千万不要走漏风声。"

阚阿姨再次使劲点了点头。

张百莉拿起手中的照片开始沉思，我要见见这个小姑娘啊，别人说的话不一定是真的。

说着，她赶快把照片和文件全都装入文件袋，往大卧室走去，一边哼着邓丽君的《甜蜜蜜》，一边在心里谋划着一个周密的暗访计划。

第十三章　张百莉的暗访

大学已经开学了，星期三的早上，张百莉东张西望地走在思南路上，手里拿着抄在便签本上的地址，仔细地对着街边的门牌号码。

为了完成这次暗访，张大美女希望尽量保持低调的初衷从她的衣着中显现出来了：没有拿很贵的包包，也没有戴名贵的首饰，穿戴朴素自然。黑色高领毛衣配上暗纹灰色的呢绒西装长裤，脚踩一双黑色短靴，背着深蓝色的包包。因为害怕被人认出，还带上了黑色的口罩和墨镜。

"是不是这里？"走到南昌路的一栋洋房前，她自言自语道。

于是她走进符合号码牌的一间，心想：小姑娘家地段还不错啊！

院子里横七竖八疯长着杂草，原本种植的植物在院子里奄奄一息地挣扎着,刚要走上台阶,一个穿着绒布睡衣,满头白发的老阿婆,正把一盆不知道干了什么的水往外泼,险些就泼到了张百莉。

张百莉"嗖"的一下,往后退了两步,用手扶了扶墨镜框。这种时候就算她翻白眼,对方也看不见啊。

"不好意思哦。侬没事体伐?(上海话:你没事吧?)"那个阿婆打招呼的样子倒很有礼貌。

"没事没事。"张百莉也很礼貌,突然她像回过神来一样,叫住了阿婆:"那个,请问葛其峰家是在这里吗?"

"哦,是的,你上三楼,三楼第一间就是。"

"谢谢侬哦。"

"不客气。"

楼梯明显年久失修,木质的楼梯发出的嘎吱声像是恐怖电影的伴奏,张百莉费劲地登上了三楼,看见第一间的房间门还是时间悠久的木质门,她敲了敲门。

"啥人啊(谁啊)?"一个粗犷的男人的声音响了起来。

"请问是葛晴晴家吗?"

"是的,你找晴晴什么事啊?"

"我是她男朋友的家长。"

第十三章　张百莉的暗访

门被迅速地打开了,一个挺着啤酒肚、身材发福、皮肤黝黑、头发又长又油的中年男子和一个怀抱热水袋的中年女子满脸堆笑地招待张百莉进屋,卑微讨好地让她坐在家中唯一的皮已经裂开的单人沙发上。中年女子转身从玻璃柜里拿出一个玻璃杯,又从陈旧的热水瓶里倒了一些开水,放在有擦拭痕迹的桌上。

男子在对面的摇椅上坐下。张百莉看了看,房间布置非常局促,除了堆满杂物,就是一张大床和一个上下铺,中间用厚厚的蓝细纹格子棉布帘子隔了起来。

男子盘了盘手上的一串佛珠,十分恭敬地问:"江太太,从香港过来路很远吧,坐飞机累不累,酒店订了吗?"

张百莉丈二和尚摸不着头脑,但心想还需要了解更多信息,于是愣了一下,马上接过话茬:"是呀,是呀,这个飞机挺舒服的,不累,谢谢你哦,晴晴爸爸。"

"哎呀,江太太你的普通话说得比你儿子还好啊。你还有上海口音,不过香港很多有钱人以前都是从上海过去的。"男子继续说道,一边拿起打火机点燃了一根香烟,张百莉庆幸自己戴口罩这个明智的决定。

"我们是应该见见,他们谈了这么久了。这次是来商量结婚的事情吧。"

"啊？"

"哎呀，江太太，您儿子不嫌弃我们家条件，还总是送这送那的，我们对他还是很满意的。"

张百莉的脑子一转，又接了下去："那个，听说晴晴最近在和你们这里一个本地的男孩子交往？"

"哎呀，不是我说，你们小江最近对她有点冷淡，她这不是想激激你们小江吗？那个男孩子哪有你们小江好啊。谈到现在，什么都没拿回来过。"

张百莉克制住怒气，心想自己的墨镜和口罩还是派上了用场的："那个，她的男朋友还是我们家小江？"

"当然咯，我们家长也是这么觉得。"

"打扰了，我有点事情，先告辞了。"

"江太太，不吃个饭？"

张百莉头也没回，只听楼道里传来一声："你们香港人就是不一样，戴墨镜，有派头"。

张百莉只觉得快要气炸了，她掏出手机，叫了一辆出租车往自己家赶去，此刻，在这件事上她心里已经和吴承鲁成了同盟。

第十四章　阴险的陷害

　　寝室里的人都觉得这学期一开学，林颂没有预兆地变了，主要原因是大家都觉得他不再像以前那样以金胖子为主，而成了吴益皓的小跟班。

　　"这家伙是不是吃错药了。"涂利江在短信里偷偷向陶浩然嘀咕。

　　"是啊，变化也太大了。"陶浩田瞄了一眼在认真看书的林颂，回了这条信息。

　　显著的变化首先发生在林颂退出了游戏，开始和吴益皓两人一起在图书馆里畅游知识和书本的海洋。每当寝室里有人抱怨吴益皓早睡或者奇怪的话，林颂总是第一个跳出来替他说话，搞得以金胖子为首的其他人非常不爽，他们决定一定要一起捉弄捉弄这个变色龙林颂和不合群的吴益皓。

　　四个人在学校咖啡馆找了个位置开始窃窃私语起来，

蹉跎岁月 才学会的爱

小算盘打得噼啪响。

"你说,这行不行?"

"会不会太过分了点?"

"就要这个效果。"

"这个好,足够让他俩身败名裂,留下心理阴影。"

"他们报复怎么办?"

"实在不行,这不快愚人节了吗?到时候就说是愚人节玩笑啊。"

"哈哈哈,对啊对啊,这样他们也没理由了。"

一天傍晚,吴益皓出去和葛晴晴约会,金胖子他们几个暗暗地凑在了一起。金胖子藏好了一支录音笔,王大为装模作样地拿出一张早就准备好的印有英文的A4纸,突然假惺惺地跑到林颂桌前,用他最令人肉麻的声音说道:"颂哥?"

林颂被吓了一跳,手里的笔滑落到练习簿上,画出了一条圆滑的抛物线。

"干、干、干吗?"

"你英语挺好的,帮忙读一下这段话,是马原课的拓展材料。"

第十四章　阴险的陷害

"益皓口语好，等他回来，叫他读，我发音不行啊。"

"啊呀，他不是不在嘛，你光巴结他，看不起我们是不是？"金胖子助攻道。

"没有，没有，大家都是同学嘛。"

林颂拿过纸，一板一眼地朗诵起来，该文的中文大意是对马克思主义的批判。

录音笔忠实地记录下了林颂流利且带有明显个人特色口音的朗读。

金胖子按下暂停键，冲他们几个人使了个眼色。王大为马上客气得反常地冲林颂道谢，林颂也没多想，又把思路集中在工程力学的习题上。

王大为溜进学校旁边的一间网吧，三下五除二地很快就做好了以林颂声音为讲述的音像视频。通过恶意的剪辑，林颂口无遮拦，思想不正的"事实"就有了证据，并在片尾标明制作人是吴益皓。

王大为找到了就读于电脑系的发小阿毛，让他盗取林颂和吴益皓的海华大学BBS"百川论坛"的账号，用林颂和吴益皓的名义，把这个肯定会给他们引来麻烦的视频发在了校团部思想学习和党政办招聘学生助理的帖子下面。

晚上，金胖子请大家撸串。几瓶啤酒下肚，大家无一不露出得意的笑容。

"这，要整那个傻大个太难了，这家伙话少精明。先集中火力把林颂推上去解决了再说。"金胖子仿佛一瞬间变成了运筹帷幄的诸葛亮。

"哎呀，我让阿毛做了手脚，查不到我们的。"王大为信心满满地说。

"接下来就等着看好戏吧，林颂和吴益皓这俩家伙都不大上BBS，估计还蒙在鼓里呢？"涂利江幸灾乐祸地笑了。

"就他们整天假用功，我就是看不惯。"陶浩然愤愤不平地说，不知道的还以为吴益皓和林颂两个人放火烧了他家房子。

"好了好了，这种人都不会有好下场的，我们那是替天行道。"金胖子一口喝光了杯中的啤酒。

四个人沉浸在恶毒的、自以为是的胜利里，可是他们忘记了，他们根本就不了解吴益皓的一切，连他在跟葛晴晴谈恋爱的事情也不太清楚。王大为要是知道最后的结果，一定打死都不会做这件事，可惜，这世界上没有未卜先知也没有后悔药。

第十五章　轩然大波

"百川论坛"上林颂和吴益皓的转发在几天内引起了"爆炸性"的轰动，虽然两个无辜的当事人还不知道事情的发生和严重性。倒是葛晴晴第一时间告诉了他们，因为这件事情已经成了上海高校里好几个大学热度最高的八卦和转帖，甚至波及了周围的高中和大专院校。有些好事者甚至对林颂和吴益皓进行人肉，公布了他俩的学生证和电话等信息，虽然传闻里吴益皓的父亲是下岗职工因此对社会不满的传闻纯属胡说八道，但也引起了许多无聊的跟风者滔滔不绝的窃窃私语。

同时很多女生，无论是刚入校的大一新生还是附近中学的高中女生开始意识到吴益皓和林颂还算对得起观众的长相，主要是吴益皓的学生照照得没他本人帅气，而林颂的照片超常发挥，所以虽然两个人没有反映真实颜值，却都是帅气逼人，配上吴益皓高中同学特别是女生对他高冷"厌世"的爆料，两人突然莫名其妙成了人人网上的明星。许多学生因为幼稚的逆反心理，竟然成了他们的粉丝。有些帖子还给他们编造了感人而又无稽的身世和轶事，说得头头是道，似乎恰有其事。下面的跟帖也是热烈讨论，最后又结束在吴益皓帅气的长相、高冷的人设和林颂充满硬汉色彩的古铜色皮肤及励志的寒门贵子经历上。

"益皓，为什么我们吃饭大家都看着我们？"

"晴晴发短信告诉我，说我们发的什么帖子火了，我跟她说，我从来没有用过学校的BBS啊？"

"我就是看看兼职打工信息，也没有经常用。"

吃完饭，两人赶忙回到寝室，恰好空无一人，打开学校的BBS，发现帖子已经被封了，也就是说这两个当事人连自己的帐号到底发了什么帖子都不清楚。

这时候，王大为突然出现，用不怀好意的口气告诉他们，辅导员有请。

林颂和吴益皓面面相觑，连忙赶到辅导员办公室。

辅导员小刘是一个年轻又青涩的硕士毕业生，显然因为办公室突然来了这么多大人物感到紧张。辅导员办公室

第十五章 轩然大波

的会议桌旁坐着四位领导：党政办公室主任、院党委书记、系主任、团委书记，这阵仗，多少有点三堂会审的意思。

吴益皓和林颂糊里糊涂地走进了会议室，小刘辅导员马上松了一口气，主要是因为大家的火力有了新的集中点。他立刻用严厉的口气，训斥道："还不赶快坐下。"

吴益皓和林颂像两个提线木偶般地坐在了四位领导的对面，林颂莫名其妙而又神经紧张地看着领导，吴益皓把双手交叉放在桌子上，一脸洗耳恭听的淡定。

"你们知道为什么我们要找你们到这里来吗？"

"不知道。"吴益皓和林颂异口同声地说，也默契地做出了摇头的动作。

"林同学，我们知道你还递交了入党申请书，这个时候你做出这样的行为，我们不得不慎重考虑你的入党申请。你们俩的行为已经造成了恶劣影响。"

林颂按捺不住问道："什么行为？"

"你在 BBS 上发帖批判马克思主义的行为。"

"什么？我没有发过啊！"

党委书记向辅导员看了看，辅导员拿出笔记本电脑播放了视频，林颂的声音响亮地出现了。

林颂跺了跺脚说:"我冤枉啊。"

"这是不是你的声音?"

"是啊,但是……"

接着党委书记把矛头转向另一个对手:"你叫吴益皓是吧,这视频是你做的?"

傻大个表情十分淡然,不愧是见过世面的,平静道:"不是。"

"那为什么用你的账号发出来,上面还署了你的名字。"

"我可以提供我俩的笔记本电脑,上面没有记录,而且如果IP地址是网吧,我俩也并没有去过。"

"那你说说,怎么会是你的声音。"

"有人让我朗读这段英文,并偷偷录了音。"

"我们已经通知了你们家长,学校会调查并酌情处理。"

"那太好了,我也想搞清楚到底是谁干的。"

"是王大为让我朗读这段英文,说是马原课的阅读材料。"

"我们知道了,在调查期间,你们先停课。"

突然,会议室门口传来清脆又礼貌的三下叩门声,辅导员小刘去开了门。

第十五章 轩然大波

打开门,门口的董萌冲吴益皓笑了笑,吴益皓点点头。

董萌从电脑包里拿出一个牛皮纸袋,用优雅而又肯定的语气四两拨千斤地说道:"不用调查了,我们已经调查好了,不是他们干的。"

第十六章　真相大白

大家把目光转向这个年轻、高挑、漂亮穿着职业装的女性，不禁有些疑惑。

董萌拿出笔记本电脑，然后以最快速度指挥小刘辅导员搞定投影机设备，打开PPT（演示幻灯片），准备开始一场宣讲。

四位领导目不转睛地盯着她，最后院党委书记开了口："你是哪位？我们在处理这件事，不好意思。"

董萌站定，用一种不容置疑的口吻说："我是受吴益皓的家长，学校董事千豪集团董事长吴承鲁先生之托来向各位交代这件事。我们已经通过调查发现了事情真相，也第一时间和校长、校党委书记进行了沟通，现在我要把事情的来龙去脉及结果向各位说明，还吴益皓和林颂一个清白。另外，请辅导员把同寝室的金晓伟、王大为、陶浩田、涂

第十六章　真相大白

利江和电脑系的毛一然叫到这里来。"

辅导员小刘连忙离席,林颂突然鼓起了掌,吴益皓连忙抓住他的双手,朝董萌笑了笑。

校领导仿佛变身为了中国达人秀评委,就差说:"请开始你的表演"。

董萌熟练地打开PPT(演示幻灯片),点击播放键。

屏幕上首先出现了毛一然的头像和资料。董萌较快地简单介绍了一下,然后单击鼠标,屏幕上出现一段视频,按下播放键,是毛一然和王大为进入学校附近网吧的视频。

"根据本集团IT部提供的MAC地址显示,这两条帖子的发布地点位于校外网吧。根据国家相关法律法规,进入网吧必须提供身份证件以核实年龄。查询网吧纪录后,我们发现,登记者为王大为和毛一然。"

正在这时,毛一然和王大为还有做贼心虚的金胖子、陶浩田、涂利江出现在了会议室门口。

董萌冲愣头愣脑的辅导员小刘点了点头,小刘指挥这五个幕后黑手站在会议桌的另一端。

董萌继续不慌不忙地说道:"当晚,在成都串串店,经过老板辨认的情况下,发现当天这四位男性同学在店内聚餐,因此不排除剩下几位的共谋嫌疑。"

董萌快速地指挥辅导员小刘打开下一张PPT,并无视了小刘冲董萌的带着殷勤的笑容继续说道:"我们对视频内容进行了精确的分析,发现林颂同学的发言并非他个人的意愿表达而是摘自一篇国外的马克思主义批评期刊里的文章,该期刊用国内网站无法打开,而且据吴益皓确认林颂本人的电脑并没有翻墙软件。所以,我们去外网下载了这篇文章,发现这篇文章的作者使用了先抑后扬的表达手法,后面通篇是批判这种错误观点的。所以,吴益皓和林颂是被冤枉的,而事件的幕后陷害者是这五个人。"董萌用工藤新一般的锐利目光凝视着站在会议桌另一边的五个人。

"我有话说。"涂利江突然举起了手,"我、金晓伟和陶浩田并没有参与,都是王大为一个人做的。"

"对啊对啊,我们只是一起撸个串,我们三个没去网吧直接参与这个事情。"

董萌说:"你们没参与,但是知情的,对吧?"

涂利江似乎嗅出了这个问题的重点:"不知情。再说了你有什么证据,证明我们是知情的?"

王大为和毛一然用惊愕的眼神看着这几个昨天还信誓

第十六章 真相大白

旦旦要替天行道的同伴。

"好了!"辅导员小刘总算硬气了一回:"你们都留下,吴益皓和林颂先回去。"

吴益皓冲董萌比了个耶,就和林颂前后脚地回去了。

不一会儿,吴益皓收到董萌的短信:"已经跟学校说好了,给你们俩换个寝室。"

吴益皓回复道:"不用换,他们几个应该消停了。"

董萌回道:"这几个人如果有任何异常行为,你要马上通知我。"

吴益皓打了个笑脸,"知道了,姐。"

过一段时间,学校以破坏网络安全构成刑事犯罪的缘由将毛一然和王大为开除,王大为收拾东西的时候挑了个大家都不在的时间,只有他自己知道他在金胖子、陶浩田和涂利江的床铺上狠狠地唾骂了一会儿,他希望这种传统的诅咒方法会起作用。

17

第十七章 葛晴晴的冷淡

很快就是暑假了，泰安路门口的法国梧桐带着它慵懒的树影优雅地、倦怠地默默填满柏油马路的深灰色，两边的蝉鸣喧闹、交错地响着，有节奏也有停顿。吴益皓趴在自己房间的窗台上，望着外沿的马路，一会儿看看自己那只已经有些老态的摩托罗拉，等待葛晴晴的短信。

"下来吃饭了，小皓。"阚阿姨的声音从楼下传来。

"哦哦哦，我一会儿就来。"吴益皓挪着步子，依依不舍地盯着迟迟不响的手机，一不小心撞到了楼梯扶手上，发出"啊"的一声大叫。

阚阿姨三步并作两步地冲了上来，用数落自己孩子的样子数落起来："啊呀，你这个孩子，怎么搞的，走路还看什么手机。"

吴益皓一言不发，把手机放在裤兜里，不情不愿地

第十七章 葛晴晴的冷淡

和阚阿姨下了楼。楼下的阿姨正忙着布菜，阚阿姨指挥道："那个清蒸鲈鱼放在太太面前，吴总喜欢吃那个拌鲁菜。"

吴益皓坐在自己的位子上，目不转睛地盯着自己的手机，然后他把手机放在了饭碗的旁边这个显眼的位置，以便自己随时可以看见。

吴承鲁和张百莉前后脚来到了餐桌前，看见吴益皓魂不守舍的样子，居然也没有多说一个字。

于是，大家坐在了餐桌前，开始就餐。

吴益皓用筷子夹了一块裹着蛋炒好的虾仁，没有蘸醋，而是心不在焉地在调料碟旁边的桌子上漫不经心地摩擦了几下，然后送进自己嘴巴。然后他急吼吼地在饭里加了些鸡汤，吃起了汤泡饭。

张百莉显然已经忍了很久不便发作，但还是没忍住，于是放下筷子，皱起眉头，不得不凶巴巴地说道："跟你说过多少次了，不要吃汤泡饭，这是家教，再说对胃也不好。"

"知道了。"吴益皓头也不抬，继续一口口往嘴里送。

这时，摩托罗拉手机不合时宜地发出了短信提醒，吴益皓忙放下勺子，赶紧解锁手机，结果发现是中国电信的一条广告，顿时泄了气。

吴承鲁也开始发脾气："吃饭的时候不要玩手机，专心吃饭。"

吴益皓不甘示弱："食不言，寝不语。我有事，你们别烦。"

吴承鲁重重地放下了饭碗，显然此时的脾气也不好："怎么跟你爸妈说话，你吃穿住用还是我们供着呢！"

张百莉见着急忙打圆场："好了好了，先赶快吃完，一会儿我上楼找你，有事情要跟你说。"

吴益皓松了一口气，把泡饭用勺子往嘴里匆匆送完，就急忙上楼。

吴承鲁也不好冲张百莉迁怒发火，只是说："你好好跟他谈谈。"

张百莉说："啊呀，我们小姐妹的女儿不错的，我打算介绍给他。"

吴承鲁："哪个小姐妹？"

张百莉拢了拢自己的头发说："就是多面开关厂老板娘的女儿，小姑娘叫李馨媛，也在海华大学，我看过照片，长得挺高挑漂亮的。"

第十七章　葛晴晴的冷淡

"哦，什么专业？"

"心理学，好像是。"

"行，你让他们接触接触，先做个朋友，看看互相是不是合适。"

"好，我待会儿就跟他讲清楚。对了，那个姓葛的小姑娘最近什么动态？"

"最近放假白天跑剧组演个配角，晚上在横店附近的霓裳歌舞俱乐部进行才艺演出。"

"什么？那那个香港人跟她还来往伐？"

"到剧组探过几次班。"

"没被发现，我们在调查他吧。"

"没有，人家是专业的。"

"这个香港人什么来头？"

"他父母本来是天后宫旁边开牛杂店的，儿子成绩好，争气考上了香港比较好的学校，他太太是他同班同学，家里原本是新义和的老大，然后金盆洗手做连锁洗衣店生意。女方资助他们两个去英国读书，后来结婚，在投资银行做高管。"

"哦，他跟这个小姑娘发展到什么地步了？"

蹉跎岁月 才学会的爱

"没有什么实质关系,就是买东西送她和家人,托关系找内地媒体捧她做什么'电影学院校花',还有帮她付学费和整容费,以及这次托关系让她进剧组。"

张百莉摇了摇头,也不想在这件事情上多发表意见了。

18

第十八章 突然的要求

吴益皓从地铁站的台阶飞快地跑上来，上气不接下气地喘着。前面的葛晴晴气定神闲地看着手机，抬头看看气喘吁吁的吴益皓，一脸不耐烦。吴益皓冲她笑了笑，她连眼皮都没抬。

葛晴晴打量着吴益皓，还没等他张口，葛晴晴就不耐烦地开了口："你怎么这么慢，我都等好久了，手机都快没电了。"

"不好意思啊，我搞错站了，所以……"吴益皓用手摸了摸后脑勺。

"哦。"葛晴晴眼皮抬也没抬只是说，"那个，我有事麻烦你。"

吴益皓点头如捣蒜。

"那个，我们家要买房，我表妹又生病了，我实在没办法，才向你开口的，你能不能支援一下。"葛晴晴做撒娇状。

"啊，要多少？"吴益皓担心和心疼地看着葛晴晴。

"不多，不多，十五万就好了。"葛晴晴轻飘飘地说。

"十五万？"吴益皓的理智告诉他这一定有问题。

"我知道你才读大学钱也不多，这样吧，有多少给多少，这个房子将来我们结婚也可以住啊。"

吴益皓鬼使神差地拿出他的金卡，但仔细想了想又把手缩了回去："我们先吃饭吧，边吃边聊。"

"不了，我一会儿还要工作。"葛晴晴摇了摇头。

"是你叫我出来的啊。"吴益皓有点莫名其妙。

"对啊，就是这个事情，我要去忙了。"

吴益皓有点意外，他只能带着困惑和忧伤回到家。走到家门口，碰上了从医院回到他家的林宪斌。吴益皓犹豫了一下，还是开了口："林叔叔，我有个事情请教你。"

林宪斌先是惊讶了一下，随即咧开嘴笑了说道："什么事情呀，小皓？"

"如果有一个朋友，知道你没钱还问你借很大一笔钱你会借给她吗？"

林宪斌抬头看了看天回答："这个嘛，我是不会的。一

第十八章 突然的要求

来没钱怎么借？二来他知道这是一大笔钱，你又拿不出来，问你借这不是故意难为你吗？小皓，别人问你借钱你要当心啊，我们村有一个人就是别人借了他的钱不肯还，最后还联系不上了，这可是他的养老钱啊，你说这借钱的人存好心没有？"

"但是可能她真的需要帮助呢？"

"他觉得你没多少钱帮不了他，他还问你借钱吗？这不一看就是骗子吗？小皓啊，有些人看你有钱，或仇富或者想揩你们家油，叔叔不是这种人。有钱是你爸妈有本事，做人不能眼红人家。你又肯帮人，是个好人哪！可这世上哪有这么多好人呀，俗话说得好：害人之心不可有，防人之心不可无。你得小心啊，别人问你借钱你要做好这笔钱拿不回来的准备。叔叔跟阿颂也是这么说的，你年轻，要小心啊。"

吴承鲁坐在停在街角的车里默默地看着这一幕，露出欣慰的笑容。吴益皓和林宪斌前脚跨进家门，吴承鲁后脚就进来了。吴承鲁招呼他们两人在客厅的沙发上坐下，他亲切地对林宪斌说："老林，我们家小皓以后我想让他乘车去公司实习，他也已经在建筑工地干过了。这样,你以后给小皓开车吧。小皓一直跟我说你人好,这样也方便你照顾李姐。"

林宪斌感激地点点头并保证道:"您放心,吴总,我把小皓当自己儿子,以后一定照顾好他。"

吴承鲁摸了摸吴益皓的头:"对你林叔好点。以后你和林颂去学校就坐家里那辆车吧,你大了,以后要处理很多事情,这样可以节约你的时间和精力。"

随后吴承鲁一声不响地上了楼,只见林宪斌向吴益皓笑了笑,吴益皓也回以微笑。

这大约是另一种默契,另一种缘分。

第十九章　心理咨询师李馨媛

"后来呢，她问你借钱之后？"两只纤细的手指握住了咖啡杯的杯柄，一双薄薄的嘴唇轻轻地抿了一口，留下淡粉色的口红印。

"她发短信和我提分手，并告知我自己要去香港。三年后，我下定决心去香港找她，发现她已经去世了。"

"所以这段经历对你的打击很大？"纤细的手指用力地握住圆珠笔在题板的纸上写着什么。

"是吧。"

"有没有试过冥想之类的方法，其实你压力大的时候可以试着深呼吸。"

"哦。"

"今天就到这里吧。我觉得其实你的情绪已经有了很大的释放。"李馨媛专业地结束了今天的咨询。

当李馨媛打开门，坐在门外的林颂和林宪斌焦急地观察着吴益皓，他们观察到吴益皓脸上焦躁、玩世不恭的表情有所改观，他那张英俊的脸上满是疲惫和忧伤。

"谢谢你，Pearl（珀尔），我现在感觉好多了。"

"不用客气，Jason（詹森）。这是我的工作。"

李馨媛默默地看着吴益皓往走廊的另一头走去，长长地叹了口气。

突然欢乐的手机铃声不合时宜地响了起来，李馨媛低头一看，是张百莉的来电，于是便按下通话键，张百莉充满担忧的声音传了过来："媛媛啊，麻烦你了，益皓情况怎么样？"

"挺好的，他都跟我说了。"

"我和吴叔叔晚上请你吃饭。"

"这怎么好意思，太让你们破费了。"

"没事，主要想和你了解一下益皓的情况。"

"那晚上见，张阿姨再见。"

晚上，锦江饭店的天都里印度餐厅。

"坐吧，媛媛，担心你吃不惯，但是其他的也没什么新意，还是换换口味。"

第十九章 心理咨询师李馨媛

看上去老了很多的吴承鲁客气地替李馨媛拉了凳子,看她坐下。

李馨媛笑着对旁边倒水的服务生说了声:"谢谢"。

张百莉的精神看上去不错,但一提起自己的儿子便流露出无可奈何的表情,她很小心地在自己的膝盖上铺上了餐巾,然后对李馨媛说:"媛媛,这里的咖喱和芒果羊奶冰激凌都很好吃,你一定要尝尝。"

"谢谢阿姨。"

在关于烤鱼和花椰菜的无数寒暄后,张百莉终于开始切入正题:"媛媛啊,益皓他都跟你说了些什么?"

"阿姨,我们心理咨询行业是有职业规定的,不能随便透露病人的隐私。"

"我们是益皓的爸爸妈妈,是他最亲的人啊。"

"不行,阿姨,你别难为我了。"

张百莉换了个话题:"媛媛,我觉得你是个很好的小姑娘,大气。益皓拒绝了你,你还很有风度,给你点个赞。"

"阿姨,你过奖了。"

吴承鲁喝了一小口意大利白葡萄酒,欣赏地看着李馨媛。

李馨嫒默默地用刀叉对付着自己的羊排，礼貌地沉默。嘴巴用来进食有时候是逃避话题的最佳选择。

最后张百莉还是没有忍住："嫒嫒，我知道你们有规定我也不难为你，关于那个女孩子，益皓一直对我们有误解，觉得我们不喜欢她。但有很多事情他不知道，也是这个女孩子直接对他进行了伤害。他一直觉得自己被伤害了，被欺骗了，被老天斩断了这段情缘。你别看他这么大的个子，他其实非常单纯幼稚。从小就在优渥的环境里成长，在这之前也没有吃过什么苦，他有这个心理问题，也是我们太溺爱他了，把他宠坏了。像我们年轻的时候，吃不饱穿不暖，哪有空思考这些问题。我也不明白，这孩子看上去高高大大的，怎么就这么脆弱呢？"

李馨嫒放下刀叉，严肃地看着张百莉："阿姨，话不能这么说，心理疾病是一种每个人都可能会有的疾病。疾病是公平的，不会管你贫穷还是富有，也不会管你坚强还是脆弱。社会和家庭应该包容益皓的问题，理解他们、关心他们，每个人的感受和敏感度都是不一样的，不能一概而论。"

吴承鲁摇了摇头说道："他现在越来越不像话了，女朋

第十九章　心理咨询师李馨媛

友三天两头换,老是上娱乐新闻,太不像话了!我们家怎么会出这种败家子。他还愿意听你说话,你多劝劝他。"

李馨媛也不作声。

"对了,媛媛,你不能透露具体内容,那我这么问行吗?"

"您说。"

"小皓知不知道葛晴晴是被江太雇人谋杀的?"

"他不知道。"

20

第二十章　需要预约的霓裳歌舞俱乐部

　　吴益皓走出了心理咨询处，并没有回家。他看见天黑后满街繁华的霓虹，却感到分外的孤单和寂寞。坐上车，他用不由分说的口吻，对林宪斌说道："霓裳俱乐部。"林宪斌和林颂一言不发，仿佛不存在一样，车子启动了，往市中心那个繁华的会所前进。

　　霓裳俱乐部的大门似乎与它华丽的名字相去甚远。是一间看上去很寂静的现代建筑，这里原先是抗日战争时期日本人建造的破旧厂房，后来成为某国营工厂，再后来被人收购改造成了一个文艺的歌舞俱乐部。

　　门口一层空空荡荡地横放着几个沙发，地板就是普通的木制地板，有几块还翘着。几个穿着西装看上去身材笔挺，似乎懂些功夫的大叔坐在角落里的木凳子上，拿着各自泡着茶叶的保温杯闲聊，一看见吴益皓进门，其中一个

第二十章 需要预约的霓裳歌舞俱乐部

迎了上去,却不似其他人那般谄媚:"吴公子,来啦?有预约吗?"

吴益皓抬头不耐烦地给了个白眼:"你不是认识我吗?"

这个大叔似乎也有些脾气,拿出预约记录,认真地查看了一遍:"吴公子,上面没有您的名字,今天的私人表演都约满了,我们这里是要预约的,对不起,这是规矩。"

吴益皓帅气的脸上写满了不耐烦:"你这个老不死的,找事是吧?把你们庄总叫出来,我要跟她讲。看在我只见了你没几次,就理解你不懂规矩吧。"

"不是,我们这里就是要预约的,我们演员都是有时间表的,今天真的没人了。"

"是吗?那你去问 Selina(塞莉娜),她是要接待我,还是要给别的人表演?"

"Selina 今天已经有客人了,不行。"

吴益皓不由分说,仗着自己年轻气盛、身份尊贵,抢过了另一个无辜大叔的保温杯,狠狠地往墙上摔去,保温杯就是保温杯,发出一声不锈钢特有的巨响之后,天女散花似的茶叶四处飞溅。

楼上传来几声做作的尖叫,只见一个穿着米白色晚礼

蹉跎岁月 才学会的爱

服披着薄纱戴着眼镜的女人快步走下楼梯,神色十分不悦。当她看到双手叉腰不可一世的吴益皓,表情管理了一下,换成得体又讨好的微笑,轻轻地笑了两声:"吴公子,最近好吗?怎么生气啦?"

吴益皓十分生气:"庄总,我找 Selina。"

这个女人抱歉地拉住他的手:"今天她演出已经结束了,回家啦。唉,吴公子,我们这不容易,还请您海涵。"

吴益皓回头就想往楼梯上冲,几个大叔连忙拦住他,搞得有点像斗殴。

庄总一看大事不妙,连忙对那几个大叔使了个眼色,大叔马上松开了吴益皓。庄总连忙靠近,用手挽起了他的胳膊,半是撒娇半是安慰地说:"那个 Selina 有什么好的,我们这里新来了一个演员,还没怎么培训,吴公子要是不介意,替我们指导指导。"

"什么情况?"

"这个女生啊,很有才艺,而且身材好,就是脾气倔强。长的吧,文文弱弱的,但不好惹,喜欢发脾气。不过啊,才艺水平是没得说的。"

"那种会跳点舞唱点流行歌的算什么才艺,你是觉得我

第二十章 需要预约的霓裳歌舞俱乐部

没见过世面是吗?"

"哪里哪里,我们这里藏龙卧虎,光会这些是算不上什么才艺,这姑娘挺有个性的,样子挺好的,就是脾气不好,要不是都约满了,我实在不敢让她出来,毕竟还不懂演出的规矩。"

"哦?你这么一说,我倒觉得有点意思。"

"有意思吧,不过我们这里可不是寻常地方,没点资质是入不了我的眼的。我知道啊,那种低俗的你也不喜欢,你来找 Selina 就是聊聊天,喝喝酒,听她唱唱歌。"

庄总耳语道:"这姑娘是个在读硕士,来这里嘛肯定是缺钱花,还是有点内涵的,气质也好得很,你就喜欢这种,有腔调的,我知道。"

吴益皓被安抚下来:"她到底有什么才艺?"

"你了解了就知道了,在三层中式阁楼,好好聊聊放松放松,没事发这么大脾气,多吓人。"

"好。"

庄总指了指旁边跟下来的服务员打扮的女子,让他带着吴益皓上了楼梯,坐电梯到三楼,而不是吴益皓通常去的二楼西式风情。

21

第二十一章 红楼梦中人

三楼的电梯门一开,吴益皓有些惊讶,不仅是因为自己从来没来过,还是因为这个楼层的景致超过自己的想象。

出门正对自己的是一条用 Led 灯铺就的池塘,透明的玻璃下面,电脑制作的锦鲤在塑料荷花下、墨绿色水流里逼真地游来游去。一座仿汉白玉的石桥横跨过旁边刻有"沁芳"石碑的池塘,吴益皓冷冷地笑了一声,不屑地对旁边的服务生说道:"《红楼梦》低配版都被你们弄出来了,可惜啊,你们这里是找不到林黛玉和薛宝钗的。"

服务生也不反驳,只说:"小心台阶啊,吴公子。"

毒舌的吴益皓没有停下自己吐槽的脚步,要知道他在中国古典园林这门选修课的成绩可是不赖:"你们这个假山做得太粗糙了,应该模仿网师园。""这个结构不对啊,这个碑和回廊不是一个时代的。"

第二十一章 红楼梦中人

服务生把他领到了一个中式风格的包间里,一言不发地离开了这个吐槽狂魔,连句客套话都省了,显然是完全受不了了。

"我说,你别走得那么急,如果表演不合我心意,我找你算账。"

吴益皓"砰"的一声用力拉开包间门,里面舞台上的女子回头看他。

吴益皓震惊一下。

这女子居然是古典美女,有一张秀美却高级的面容,丹凤眼、樱桃嘴、肤如凝脂,黑色的半长发束成一个高高的马尾,美中不足的是她一副学生打扮,穿着连帽衫和牛仔裤,加上一双有点旧和脏的白鞋子,但还是遮不住的美人坯子,脸上透着一股倔强和傲气,看吴益皓的眼神带着一点蔑视,一点都没有女孩的乖巧和顺从。

吴益皓一言不发地转过身去,脱下自己的外套,漫不经心地把西装上衣扔在门口,露出了玩世不恭的笑容,把折门拉上。

转过身后,那姑娘带着藐视的神情里透出警惕和受伤,吴益皓突然感觉心头一颤,下意识地摸了摸鼻头,心里的

蹉跎岁月 才学会的爱

冰块似乎微微地解了冻,她的眼神令自己想起了小时候养过的一只白色流浪猫,既渴望爱又害怕伤害。

突然,他装出的玩世不恭消失了,带着点惋惜和轻松的表情,在女孩对面的榻榻米上盘腿坐下,仔细地端详着她:"叫什么名字?"

"没名字。"女孩的神情充满防备和警惕。

"人都是有名字的。"

"你爱叫什么叫什么。"

吴益皓想起自己养过的那只白猫,微微叹了口气:"我想知道你的真名。"

"300。"

吴益皓觉得好笑,想要小费也没有这么直接的。

他走到门口从西服袋里拿出钱包,满不在乎地拿出了三张红色纸币,放在两人之间的桌上,像个大男孩似的,调皮地努努嘴。

女孩也不客气,拿起纸币,对着光照照,然后塞进了自己的牛仔裤口袋说:"我叫雯雯。"

吴益皓觉得她既可爱又有趣,于是来了兴致:"你是研究生?学什么专业的?"

第二十一章 红楼梦中人

女孩头也不抬:"150。"

吴益皓也没生气,只是有些好奇:"为什么这个问题半价?"

女孩抬起头,不耐烦地看了他一眼说:"这是我应该让你知道的,所以打折了。再说了这个问题有利于我的业务开展。"

吴益皓越发来劲,掏出两百:"不用找了。"

雯雯笑笑,有些骄傲地说:"昆曲表演。"

有意思,吴益皓心想,再仔细打量女孩,身量匀称,看上去倒是有点戏曲里闺门旦的感觉,便想打趣她:"我不信,你骗我。"

雯雯不说话,只是用黑白分明的眼睛瞪着他。"想不想听一段?"末了她开口道。

"你会唱什么?"

"你这种门外汉知道的应该都没问题。"

"那好,我要你唱《十五贯》里的娄阿鼠。"

"啊?你确定?"

"唱。"

"……"

22

第二十二章　Jason Wu对人生的思考

今天的天气格外晴朗，吴益皓破天荒地定好了九点的闹钟，随着"你快乐吗？我很快乐！"的搞笑歌声一个鲤鱼打挺从床上蹿了起来。然后，他手忙脚乱地关了闹钟，赶紧拿起手机打电话："Hello，'小雯猫'，干吗呢？"

"别打了，叫你早上不要打电话，我在练功。"一旁传来压低的声音伴随着恼怒和无可奈何。

"那你不还是接了吗？"

"我敢不接吗？不接你那脾气谁受得了。"

"我说你胆子越来越大啦，怎么啦，不想吃小鱼干啦？"

电话被直接挂断，吴益皓开心地笑笑，哼着谁都听不出来只有他自己知道的《游园惊梦》，得意地往洗手间走去，准备洗漱。

想着想着他发了一条微信给"小雯猫"："我明天生日，

第二十二章 Jason Wu 对人生的思考

要跟你一起过。"

过了中午,"小雯猫"才给他回复:"3000。"

吴益皓发了个不屑一顾的表情包:"看你表现。"

吴益皓感觉有些莫名其妙,心里突然冒出一个问题:这些人怎么都这么喜欢钱?他们喜欢的都是我的钱而不是我啊。我如果没钱,她们是不会搭理我的。于是冷笑一声,向衣柜走去,随手拿了长袖卫衣和牛仔裤,拽了一件长外套就往外走去。

他没有叫林宪斌给他开车,走出家门口的弄堂,便是繁华的徐家汇。吴益皓一个人一言不发地坐上了一辆公交,几个年轻、打扮时髦的女孩认出了他,忍不住捂着嘴直笑,用眼光上下打量他。对此吴益皓早就习惯了,用冷冷的、充满不屑和怒意的眼神看向他们,大概是对他的绝情和"残暴"早就有所耳闻,那些女孩尴尬地收回了目光。有人拿起了手机对他一顿狂拍,吴益皓也只能把衣领拉高,他很生气,但也无可奈何,打围观群众这种事情他始终是做不出来。

我去哪里呢?我做什么呢?我为什么而困扰呢?我也不想蹉跎在这些岁月里无法自拔,做一个别人眼中爱情和生活的懦夫，但结果就是这样。他很明白，葛晴晴只是一个借口，一个他用来逃避对现实社会金钱利益至上、人情关系淡漠不解的借口。他是不懂爱的年轻人，可葛晴晴懂吗？这些人都懂吗？"呵呵。"吴益皓不由得冷笑一声。

突然，他看了看手机里的推送，居然是词典软件的，他定睛一看，不知道怎么回事居然感到眼睛湿润。推送的内容是一首莎翁的诗：

Let me not to the marriage of true minds, adimit impediments.（我绝不承认两颗真心的结合会有任何障碍。）

Love is not love which alters when it alteration finds,（爱算不得真爱 若是一看见人家改变便转舵，）

Or bends with the remover to remove.（或者一看见人家转弯便离开。）

Oh no, it is an ever-fixed mark, That looks on tempests, and is never shaken.（决不，爱是亘古长明的塔灯，它定睛望着风暴却兀然不为所动。）

It is the star to every wandering bark, whose worth's unknown, although his height be taken.（爱又是指引迷舟的一颗恒星，你可量它多高，它所值却无穷。）

第二十二章 Jason Wu 对人生的思考

Love's not Time's fool, though rosy lips and cheeks within his bending sickle's compass come;（爱不受时光的拨弄，尽管红颜和皓齿难免遭受时光的毒手；）

Love alters not with his brief hours and weeks, but bears it out even to the edge of doom.（爱并不因瞬息的改变而改变，它巍然矗立直到末日的尽头。）

If this be error and upon me proved, I never writ, nor no man ever loved.（我这话若说错，并被证明不正确，就当我从未写诗，诗人也从未爱过。）

这大约是理想中的爱了，吴益皓默默地与先人共鸣，但现在又怎能实现呢？他英俊的脸上又流露出了悲伤，刚刚的豁然开朗仿佛一瞬即逝。

公交车到了临江路，一条荒废而又寂寥的路，靠近黄浦江。车上只剩几个人，吴益皓默默地下车。心里暗自想道：没有人会喜欢真正的我。他轻轻地念叨，外貌、金钱都不是我的本身，可我的本原又是什么？我现在每天活着，灵魂却像死了一样。

这时，手机铃声突然响了起来，吴益皓一看是金胖子，马上把手机调成静音，送回大衣的口袋。

蹉跎岁月 才学会的爱

他看不起金胖子，若不是金胖子的父亲死皮赖脸地承包了千豪集团在某个县城的工程，他实在觉得跟这种人没有交流的必要。一个连同伙都能出卖的叛徒是多么可恶和可怕？

我不喜欢他，我也不喜欢我自己，我似乎慢慢地变成了社会里曾经让我最讨厌的人的模样。江边的风轻轻地吹，这时，吴益皓感到手机不断地振动，仿佛一只被抓住不敢反抗、只能挣扎的小动物。

他突然产生了一丝恻隐之心，一看又是金胖子，于是不得不接通了电话："皓哥，你在哪？打你电话半天不接。"

"我在外面不方便。"

"对了，明天是你生日，怎么过？我想好了，把横店的霓裳歌舞俱乐部分店包下来，Selina 现在到那里上班了，我们哥几个一起聚一聚，我请客。我还给你准备了特别惊喜！"

"……"

"皓哥，你那边信号不好是不是，怎么听不见你说话的声音？"

"烦死了，老子想一个人过生日清静清静，你给我滚。"

"我滚，我滚，谁又惹我们皓哥啦？这不还有我吗？我

第二十二章 Jason Wu 对人生的思考

给你教训他。"

吴益皓一声不响地挂断了电话,这时电话又响了,显示是"女王大人"。

吴益皓收敛了怒气,按下了接听键,换了副漫不经心的口气:"妈,什么事?"

张百莉半是抱怨,半是担心的声音传了过来:"小皓,怎么前面是忙音啊?"

吴益皓说:"对不起,刚刚有个电话。"

"明天过生日我请了媛媛和她父母,大家一起吃个长寿面,做你最喜欢的上海炒面?"

"不了,我明天安排事情了。"

张百莉失去了耐心:"你有什么事情?你整天就是败家,跟那些小姑娘在一起,你以为我和你爸爸是傻子,不看新闻是伐?"

吴益皓眉头一皱,挂断了电话。明天跟那个"小雯猫"去哪里呢?他现在开始思考这个问题,这样就没有心思想其他事了。

第二十三章 生日心愿

吴益皓带着"小雯猫"到了芮欧百货,这是上海市中心一家以买手店形式为主的百货公司,让她自己挑件衣服晚上穿。

"到底去什么地方?你不告诉我,我挑什么?""小雯猫"显然看着那么多衣服没有方向,冲着吴益皓没好气地说道。

"你先挑,最后需要我审批同意。"吴益皓也没好气地回复她。

"我还以为你会带我去 Valentino(意大利服装名牌:瓦伦蒂诺)这种档次呢?""小雯猫"失望地说。

"侬脑子瓦特啦(你脑子坏掉啦),侬(你)以为自己是奥斯卡影后走戛纳红毯啊?"吴益皓用上海话不客气地回敬道。

第二十三章 生日心愿

"小雯猫"撅起了嘴,"那衣服你不会在我穿完之后要回来吧?"

"你病得不轻啊,我要衣服干吗,你的衣服我能穿啊?"

"小雯猫"拿起一双Jimmy Choo(乔吉米)闪钻的高跟鞋饶有兴致地打量,吴益皓走过去,直接从她手里拿走:"你穿这个会把脚崴了的。你已经够高了,不用穿跟这么高的。"

忽然挂在旁边的一件露背的系颈礼服吸引了她的注意力,"小雯猫"跑过去,拿起衣服,仔细地打量。

吴益皓叹了口气,一把轻轻推过"小雯猫":"还是我来选吧,你这品位,真是一言难尽。"

"小雯猫"恶狠狠地用拳头捶了吴益皓几下,吴益皓正在仔细地看向一件件时装,没有注意到她在背后想打他的动作。

"嗯,你穿这件,配这个靴子、外套?"吴益皓看看"小雯猫"脱下的那件学校的校服羽绒衣,仔细地从衣架上取下一件羊绒大衣,把东西一股脑地扔给她:"换上给我看看?"

"小雯猫"接过衣服，走进更衣室，吴益皓在更衣室门口的沙发上跷起二郎腿，戴上耳机，一边听音乐一边玩数独游戏。

"怎么样？""小雯猫"不愧是戏曲专业，穿着吴益皓给她挑好的衣服做了个亮相的动作。

"凑合吧，我对我的品位还是很有信心的。"吴益皓打量着她，悠悠地看着"小雯猫"穿着剪裁别致的不对称裙摆白色毛衣裙，配着黑色的及膝皮靴，外套一件黑白羊绒的小香风大衣，做了一个意味深长的表情。

"走吧。"吴益皓拉着"小雯猫"的手腕走了，"小雯猫"的脸上写满了问号："你慢点，握得那么紧痛死我了。"

吴益皓和"小雯猫"坐在那家似曾相识的苏式面馆店里，吴益皓打量着"小雯猫"，发现她除了眼睛，轮廓和某个在她心中的人也十分相似，心脏不禁一颤，但他很好地掩饰了自己的情绪，装作玩世不恭地把菜单从不明所以的"小雯猫"手中抽走，冲着熟悉的老板娘招招手，头也不抬地说："一碗黄鱼煨面，两份面！"

"小雯猫"看着吴益皓，犹豫了很久，开口道："我不喜欢吃黄鱼，我对海鲜过敏的。"

第二十三章　生日心愿

吴益皓似乎无视了她的一切要求，自顾自地流连于窗外的街景，似乎若有所思。

"小雯猫"有点气急败坏，这种无视比痛骂更让人不爽，她用自己的皮靴狠狠地踩了吴益皓一脚。

吴益皓猛然回头，像一只猫被踩到了尾巴，打算反击，但他看了看"小雯猫"，眼睛里似乎有怜爱，更多的是受伤的情感表露。

服务员端上面摆在桌子上，"小雯猫"又气不打一处来："我跟你说，我不能吃。"

吴益皓细心地用湿纸巾擦拭自己的筷子："爱吃不吃。"

"小雯猫"腾地站起来，抢过吴益皓的筷子，往地上一扔："吴益皓，我受够你了！"

吴益皓似乎完全不受触动："是吗？可是你的钱不够啊。"

"你不要欺人太甚，你这种人要不是有钱，没有人会愿意和你相处的！"

"可我就是有钱啊，有钱任性，你不懂吗？"

"你应该想想，除了钱你还能给别人带来什么？"

说完，"小雯猫"无视面馆里所有人的注视，大步流星地撇下吴益皓走开了。

吴益皓望着眼前热气腾腾的面,表情变了,他再也不用伪装了。他夹起热气腾腾的面条,默默地许下生日愿望:希望父母身体健康以及晴晴你在那边要好好的。

24

第二十四章 "小雯猫"的秘密

吴益皓双手插着口袋，漫不经心地从苏式面馆里走出，目光随意地向四周扫去，看见昏黄的街灯下有一个熟悉的身影，半蹲在路边。

吴益皓知道那是"小雯猫"，他几步走了过去，语气强硬地说："怎么了，刚才不是很威风吗？现在这么成病猫了？"

"小雯猫"有气无力地抬起头，她的面色已经青紫，吴益皓一愣，但还是清晰地听到了她几乎是嘶吼出的三个字："你滚开！"

吴益皓显然也发现了事态的严重性，连忙蹲下，试着把她拉起来。"小雯猫"直吸冷气的呼吸声让他不觉一惊，他赶紧掏出手机，拨通了林宪斌的电话，但很久都没有人接。

蹉跎岁月 才学会的爱

突然他似乎想起了什么，连忙又在手机上一阵乱按，提示音响了五下，总算传来了林颂疲惫的声音："怎么了，吴总？"

吴益皓长舒一口气，赶紧用比平时温柔一百倍的声音回答道："叫你爸赶快开车过来，我这里人命关天。"

林颂的声音紧张起来了："你怎么了，出什么事了？"

吴益皓："不是我，是……哎别管了，快点过来，地址我发你。"

"我开车过来吧，我爸让他休息吧。"

"行行行，不管是谁，能把她送医院就行。"

"好好好。我立即出发。"

车上，吴益皓看见穿着海绵宝宝睡衣的林颂，却一点都笑不出来，他紧张地看着倒一旁后座的"小雯猫"，满是担心和自责，心里陡然升起了一股内疚感。

还没到医院，"小雯猫"早就已经昏了过去，吴益皓搭了一下脉搏，心想：你给我坚强点，马上到医院了。这时看见"小雯猫"的手机从大衣口袋里滑落，响起了"不到园林，怎知春色如许"的旋律，他看了看屏幕，显示的是"妈妈"，赶紧接了电话。

第二十四章 "小雯猫"的秘密

"阿姨好!"

"侬啥宁啊?"

"我是雯雯的……嗯,朋友。"

"雯雯在哪里?她在干吗?"

"她情况不太好。我们要送她去医院。"

"啥?啊呀,医保卡在家里,哪个医院?我把医保卡送过来。"

"好的,阿姨,地址我一会儿发过来。"

"谢谢侬哦。"

"伊个书包里厢有救心丸的,给她吃一粒。"

"好的,好的。"

吴益皓一边把"小雯猫"的头扶正,一边哆哆嗦嗦地拿出救心丸,笨手笨脚地往她嘴里塞。

林颂一个急刹车,接着把车停到了路边,速效救心丸撒了一地。吴益皓的火瞬间被点燃了:"你疯啦,你会不会开车?"

林颂从驾驶座上走出来,略带疲态的双眼里压抑已久的怒火:"吴总,到了。还是我来给她吃药吧。"

吴益皓知道自己笨手笨脚帮不上忙,于是下了车,顺手捎了一瓶放在车上的可乐，下车后倚在后备箱，准备自饮。

林颂手脚麻利地先把"小雯猫"的嘴张开，塞入救心丸，然后灌了少许矿泉水。

吴益皓喝可乐是为了缓解情绪，他见林颂出了车直接往医院门口跑去，大喊道："你干吗，不管她啦？"

林颂回头吼道："找人抬她！"

吴益皓如梦初醒，把可乐往地上随手一放，就往林颂那里赶去。林颂看了，连忙挥手："你看好她就行了。"

吴益皓钻进车子里，发现"小雯猫"在不断地说胡话，他侧耳过去听，一会叫姐姐，一会叫父母，这让他十分不好受。

急诊室里，"小雯猫"正做着心肺复苏，来来往往的医生们都在为抢救她而忙碌着，他的内疚和自责到了极点。

这时，一个中年妇女模样的女子在急诊室里到处询问，不一会她找到了吴益皓，拉住他的大衣问道："侬是电话里的男人吗？"

"什么？"吴益皓缓过神来。

"听声音应该是侬，我是葛雯雯的妈妈。"

第二十四章 "小雯猫"的秘密

"哦哦,你是雯雯的妈妈。等一下,你说她姓什么?"

"姓葛呀。"

吴益皓突然觉得心被人捏了一把,他克制住自己的情绪,提出了下一个问题

"那她是不是认识葛晴晴?"

"晴晴是她表姐呀。"

吴益皓突然感到眩晕,命运的玩笑真是说开就开啊。

25

第二十五章　江太的惩罚

上海，福汇大楼私人飞机停机坪。直升机的螺旋桨产生的大风刮起了每一个正装打扮在一旁等候的人的衣衫，有经验的人早就用双手护好了头发，也有女性死死地拉住自己的裙摆，觉得在这么多人面前走光实在是一件让人尴尬到极点的事情。

印有福汇集团logo（标记）的直升机终于停止了噪声和螺旋桨，像乐曲的终止符般优雅地降落在停机坪上。飞机上下来一个穿着皮夹克和西服长裤、一双擦得很亮但仔细看已经磨损的尖头皮鞋的男子，他把自己的手搭向一只戴着大颗黄钻保养得当，涂着酒红色指甲油的手，手的主人穿着灰黄相间休闲的运动套装，一双彩色的老爹鞋缓缓走出。她的从容和随意，与面前战战兢兢、西装笔挺，或是踩高跟鞋的接待人员形成鲜明的对比。

第二十五章 江太的惩罚

所有人马上整齐地鞠了一躬,用标准的广东话和普通话进行了问候,显然是经过悉心彩排和训练的结果。那个女子只是略略扫过一眼,脸上没有任何表情,从容地离开了。

女子慢慢走进位于大楼顶层的福汇大厦最大的会议室,其他正装男女狼狈地跟在后面,有一个龇牙咧嘴,显然是穿高跟鞋崴了脚。

女子在主座坐下,环视一周,大家才按顺序坐下。

"大家辛苦了,唔好过意不去(我好过意不去)。"虽然一点也看不出她过意不去。

"唔该,江太,咩茶(喝什么茶)?咖啡还是金汤力?"那个"尖头皮鞋"恭敬地用广东话问道。

"No, thank you(不用了,谢谢你),阿 peter,出去休息吧。"

那个被称作江太的用港普说道:"可以开始了。"便朝那个似乎被高跟鞋崴了脚的女人点点头。那个女人刚抱着笔记本电脑在中间,突然江太毫无预兆地用自己的老爹鞋踢向了她,女人被崴的脚显然无法承受,跟跄地跌倒在地上,还抱着自己的笔记本电脑和资料。

115

江太凶狠地说："我跟大家说啊，不要以为自己，有几分姿色，跟江先生关系好，在我这里也能有东西食，我们福汇，谁都知道，江先生还系要听我的，懂？"

下面的人都低下头，一言不发。

"知道了吗？"江太冲那个女人吼了一声，一边又用公事公办的口气说："她的合同是下月到期吧？"

"是的。"

"宾格公司不养废人（哪个公司养废人），懂？密斯王。"

倒在地上的被称作王小姐的女人眼里充满了泪水，慢慢站起来，向门口走去。

江太的表情又变得和蔼可亲："对了，千豪集团的收购方案提出了吗？"

"在这里，请您过目。"

"这系唔们公司向地产行业转型的重要环节，务必成功（这是咱们公司向地产行业转型的重要环节，务必要成功）。"

说了一大通漂亮话，显然江太感到累了，解散了会议，她看着迅速离开会议室的员工，挥挥手让阿peter进来。

阿peter看到了江太的招呼，规矩地端着一杯川宁茶进来，用身上带着的手绢擦了擦桌子，当他放下茶杯的时

第二十五章 江太的惩罚

候露出了手腕上繁复的刺青。

"叫 David 进来，快点。"

会议室出现了一张苍老但依旧可以辨认的面孔，王大为走了进来，这些年的辛苦都在他的脸上写得一清二楚。

"David，Alice 好吗？准备 A-level 的课上得怎么样呀？"

"报告江太，小姐在海华国际高中学习很好，也交到很多朋友，游泳比赛最近又得奖了。"

"哦，我们春节打算带她去瑞士滑雪，你安排一下。"

王大为刚想开口，江太立马挥了挥手："那个我老公的事就唔听了，他那些莺莺燕燕的我不感兴趣，反正手术都做了，是不会给我带孩子回来的。"

"好的，江太。"

"周日给 Alice 过生日，该请的人都请一下。"

"知道了，江太。那要不要通知先生。"

"通知。"

"好。"

第二十六章　董萌的闺蜜

"别哭啦，哎呀，不是跟你说不要和那个香港男人在一起吗？你真的以为他会把你当回事吗？"董萌拍了拍已经哭得稀里哗啦的王小姐，一只手试图从已经一张纸不剩的餐巾纸盒里抽出一张不存在的纸巾。

"我知道，但我以为他对我是不一样的。我承认我最初是想走捷径，真是聪明反被聪明误。"

"Cindy，你哪儿聪明了，根本就是在自取灭亡。"董萌一边叹了口气，一边把空空的抽纸外包装压扁，毫不留情地往垃圾桶里扔，里面躺着今天报销的另外两个同伴。

"董萌萌，我都这样了，你还这么刻薄，你让不让我活了！"王小姐，或者说Cindy用双拳锤向董萌，董萌敏捷地躲开了。

第二十六章　董萌的闺蜜

"董水红，你要是再这样，我就告诉所有认识你的人你以前的名字。"Cindy 的眼睛里射出怒火，看向若无其事地正在用洗面奶洗脸的董萌。

董萌用水兜向自己的脸，完了揉了揉用干发帽包好的头发，无奈又爱怜地看向自己的好朋友："今天你最大，爱怎样就怎样。"

"还是你们吴总好，简直就是绝世好男人。"

"你以为张百莉是吃素的啊，我要是像你一样，估计也是死无葬身之地啊。"

刚刚情绪缓和了点的 Cindy 又像幼儿园小朋友一样开始抽泣。

"我说你，好歹都是四十多岁的人了，怎么搞的？拜托，你跟他开始的时候就要想到今天啊。"

"董水红！"

"怪我吗？当然怪你自己。"

"你们家吴益皓其实也不错，就是花边新闻太多。"

董萌差点没笑得口水都喷出来："我第一个不同意，小皓是个很好的孩子，不能让你糟蹋。"

"他还好？你不看电视不上网啊？"

"我知道他，了解他，和他相处过，为什么要看网上那些乱七八糟的事情？"

"我看你也喜欢他。"

一只靠垫精准地砸到了 Cindy 的头上，董萌气不打一处来："王兴儿，你今天吃饱了撑的是吧？"

王兴儿缓缓爬起，摸了摸刚被精准打击的头部，直言不讳地说道："是吧，戳到你痛处了对吧？"

董萌一言不发地往自己脸上抹上润肤油，用余光撇了撇有点自鸣得意的 Cindy："你是不是以为我跟你一样喜欢小鲜肉？"

Cindy 吐了吐舌头，显然是觉得没有便宜可占，于是一手伸向遥控机，打开了电视，只见电视剧里出现了一张似曾相识的脸，穿戴着唐朝服饰，满脸泪痕地看着宝座上绝情的皇帝凄惨地哀求道："陛下，别杀我。"

"快看快看，这不是那什么李淑淑吗？你们吴总儿子那个闹得沸沸扬扬的女朋友吗？"

"谁要看她。"

"啊呀，可作孽了，被你们家那个谁劈腿，开个记者会发布会哭得声泪俱下的。"

第二十六章 董萌的闺蜜

"你怎么不问她自己做了什么?"

"哎呀,多漂亮。你们家吴益皓怎么就不懂得怜香惜玉?站在一起也般配得很。"

"好了,赶紧换台,谁要看这种水剧。"

"好好好,你要看什么你自己选。"

董萌默默地按下熟悉的数字,调到中央新闻台,新闻台正不失时机地播出关于扫黑除恶的宣传片。

Cindy 似乎想到了什么,突然灵光一闪:"那个,我前面电话里说了,那个福汇集团要恶意收购你们,其实他们也不了解实际情况,这方面的资料我都能提供给你。你说你们吴总以前委托别人调查过江太的丈夫,虽然你说不能透露原因,但你们应该很清楚江太家是因为什么发家的,并且在大陆除了正规生意还有很多见不得人的事情吧?"

董萌扶了扶自己的黑框眼镜:"这个我有兴趣,明天找个时间好好聊聊。"

"对了,内地有这么多房地产集团,她为什么盯上我们了?"

"好像是一个叫她身边一个男助理叫 David 的人建议的。"

"David？"

"这个人我接触不多,只知道是上海人。"

"明天我们再好好聊聊,我觉得你可以到千豪集团,专门负责对福汇集团的反收购。"

第二十七章　Alice的烦恼

被称作 Alice 的小女孩坐在淮海路高级复式公寓里房间里的沙发上，腿上摊开着一本封面已经磨旧的相册。相册里有一个年轻男人和一个年轻女人搂着她的合照。随着相片里的小女孩渐渐长大，三个人的合照越来越少，那个年轻男人也慢慢消失了，只有保养得相当富态却依然看得出岁月痕迹的江太经常出现。

Alice 默默地想：我好想 Daddy，他有多久没见我了。于是"啪"的一声合上了相册，呆呆地望着窗外，两行眼泪不争气地流了下来。

三声礼貌的敲门声响起，Alice 非常熟悉这节奏，也不抹掉眼泪就生硬地说道："David，进来吧。"

王大为面带微笑地进入房间，手上的托盘里摆放着英国陶瓷碗所装的一盅甜品，恭敬地放在 Alice 面前。Alice

见到王大为，心情似乎陡然变好，她擦了擦眼泪，用那双清澈单纯的眸子望着 David："谢谢，David。" David 似乎有些忐忑，但他非常敏感地担忧着一个问题，于是连忙纠正道："小姐，还是叫叔叔，我比你大很多，我老啦。"

"不老不老，我就是喜欢叫你 David。" Alice 温柔地嗔怪道。

"怎么又哭啦，是不是因为江先生不来，你难过啦？"

"有你在就好啦。"

"我是助理，小姐和我这么说话不合适。"

"别这么说，我觉得你很靓仔的。"

"小姐，慢用。我先走了。"

Alice 不知道其实她学校的同班女同学甚至她的一些闺蜜在网上有一个议论她的微信群组：声讨 Alice，甚至平时和她相处最好的闺蜜以及一些男同学也是里面的成员，当 Alice 正在享用甜品的时候，这个微信群里的少男少女也在吃她的瓜。

"那个人最近游泳比赛又得奖了，肯定是和那个新来的游泳教练 Mike 有关系，我看见训练结束的时候他们并肩走出来，边笑边说。她还一直很做作地笑得很开心。"

第二十七章 Alice 的烦恼

"哎呀,他们家的福汇集团在我们学校这种层次只能算是小康家庭啦,根本就不是什么有钱人。"

"搞不懂为什么,每个老师都这么喜欢她,特别是男老师,看她那个样子,啊呀,我是香港人都觉得丢脸。"

"你不知道啊,她嘴好甜啊,一看就是表里不一,我们班还有隔壁班好多男生都中了她的'迷魂汤'啊?"

"快看。",一张截图传到了热闹的群组里,"这个是那个 Alice 的生日宴会邀请,大家都收到了吧?"

"听说隔壁的班篮球队队长,那个中法混血 Xiaver 也喜欢她,不知道她邀请他没有。"

"你说那个爷爷是法国大使馆前领事的 Xiaver 啊,他真的好帅哦!"

"我搞不懂了,这个 Alice 五官长得那么难看,怎么会有这么多男生喜欢她,要我说毓婷比她漂亮多了。"

"可不是,我们毓婷哪里差,爸爸是马来通信公司的董事,那个 Alice 怎么能跟毓婷放在一起比较呢?"

"好了。"昵称 Hello Kitty 婷的女生打出了这两个字和出现了一张美颜过头的头像,"你们都会去吧,她的生日宴会?"

"当然去啊,我们不会在她面前说的,大家背后都知道她是什么人就好了。"

"啊,Emily,那天你打算穿什么啊?一定不能让她一个人风光。"

里面从未发声的丘远雄叹了口气,有钱人的世界真是让人难以捉摸啊。他越发觉得自己在这个学校里是那么格格不入了。

第二十八章 自卑的丘远雄

运动场上,塑胶跑道旁低着头的丘远雄一个人坐着,他抬头望着天上的乌云,若有所思。

他感到身边的人与他是如此的格格不入,他看着一双双名牌跑鞋的脚,有的匆匆走过,有的慢慢跑过,有的随意跳动,再看看自己的这双旧旧的安踏,心里十分低落。他一直为自己能用国货感到自豪,但他也曾对现状有些不满,只是无奈他本性老实懦弱,除了对自己发发脾气也无法做出其他行为上的表现。

"为什么他们都能如此生活,而我只能这样呢?"丘远雄长长地叹了口气。

唯一让自己感到自豪和有资本的也是能在这里生存的原因是他在初中获得了国际数学奥林匹克竞赛的金奖。一位知名的数学家为他颁发了奖牌,并耐心地与他和他的父母交流了一下，但是他发现丘远雄的英语水平远低于美国高中的录取条件。丘远雄的指导教练蒋华军很希望自己的学生能够得到去美国麻省理工学习的机会，于是他用英语做了翻译，并告诉丘远雄的父母："送他去最好的国际学校，这对他提高英语水平和适应国外教育有帮助。他一定要出国深造。"说着又对丘的父母道出了自己因为历史原因和条件限制没有到美国深造的原因。最终，也是蒋老师替他联系了海华国际中学。

"你有什么好自卑的，你学习好就好了嘛。"父母总是这样安慰丘远雄。这时，丘远雄心里总是泛起一股酸楚，在机床前和柜台后工作的父母是不能理解他的感受的，也不知道他在海华国际高中的震惊。学校学生生活的奢侈程度是远超出他的想象的。

当他走进教室，他从超市买来的穿着和那只旧旧的帆布包总是那么显眼，更不用提放学的时候学校门口的那一排豪车，让他陡然生出了自卑和不解：为什么世界上有人那么富，而有人就那么穷呢？他的同学并不知道，他几乎借阅了学校所有关于阶级的历史、经济、政治方面的书籍，他很迷惘，想找一个说法。

第二十八章 自卑的丘远雄

而那些国外名校,对他来说似乎有些遥不可及,如果拿不到奖学金的话,根本就是一个个肥皂泡,可对那些富贵人家的孩子却如此理所当然,宛如囊中之物。"我在申请某某学校,某某某帮我写了推荐信。""我爸爸是校友,我一点都不担心。""哎呀,我先试一下,不行的话,我母亲说认识人,可以先捐点钱看看。"

想到这里,他默默地揉搓着自己那条从后勤处借来的半旧的校服裤子,以此缓和自己心中的不平,脾气好的他此时心中陡然升起一股怒气,他突然起身"啪啪"地拍了拍后背的灰尘,准备离开。

这时,一只篮球撞上了他的胸口,他低着头看着这只限量版有NBA球星签名的篮球,烦躁再一次涌上了心头,并迫使他想无视这一切,尽快离开。

站在操场另一头的是一个人高马大的男学生,另一个个子稍矮一些的,毫不客气地叫道:"喂,那个谁,快点把Xavier的球扔过来。"

丘远雄心情不好,只是一言不发地下意识把球向远处踢出去,然后大步流星地走了。那个个子高的准备去捡球,可是那个个子矮的显然觉得心里不是滋味,他领着其他人冲了上去，其中一个身材壮硕的一把抓住丘远雄的衣领，毫不客气地冲他喝道："你不就是数学成绩好点吗？有什么好狂的？"

丘远雄也不想辩解，两只手抓住对方的手，用一种冷冷的、满不在乎的眼光斜视着对方。

这似乎激怒了这些人，眼看群殴马上就要发生。

"你们在干什么？"一个声音突然响起，Alice拎着运动包从游泳馆里走出，这时Xavier看见她，也往这边走来。

丘远雄冷笑一声，瞬时甩开了衣领上的手，用不屑一顾的表情看着那些人。

第二十九章 深冬的暖意

葛雯雯躺在一家私立医院单人病房的病床上，床旁边的椅子上坐着她看上去操劳又憔悴的妈妈，默默地替她掩好被角，一言不发，只是眼睛里透着担忧和无奈。

吴益皓不知怎的背过身来，站着看窗外的梅花，那是一株白梅，不仔细看，很难分辨它的花蕊与医院外面白色墙壁的区别。突然，伴随着雯雯妈妈的叫声，大家才发现葛雯雯的眼皮微弱地动了一下，屋里的三个人，哪怕是刚刚被忽略不计的林颂，注意力瞬间都被吸引了过去。

葛雯雯缓缓地坐起身来，迷茫地看着周围超六星宾馆的装饰，脸上满是茫然和不明所以。

"总算醒了。"此时窗外的白梅已经不能吸引吴益皓。

葛雯雯肩膀一抬，正想怼，但似乎力不从心，很是虚弱。

"好了好了，都是病号了，还死性不改。"吴益皓半嗔怪半调侃地招呼在门口等候的护士,进来把床调好,一群医护人员开始给她进行各种检查,不一会开始使用各种仪器。

"怎么样?"

"吴先生,一切都好,可以吃点东西。"

"哦。"

"想吃什么?"

"不——要——你——管!"

"雯雯,怎么说话呢,这么没有家教。"

葛雯雯撇了撇嘴,头转向一边。

她妈妈脸上勉强露出一个笑容:"吴先生,对不起啊!她脾气不大好,就这个样子,都随她爸爸。"

"没事,阿姨,叫我小吴就行。"

"好好好。"

林颂看到气氛有所舒缓,长长地松了一口气,掏出手机问道:"吴总,弄点什么吃的?"

"想吃什么?"

"油墩子和豆浆。"

"不行,太油腻了!"

第二十九章 深冬的暖意

"你……"

"雯雯,听小吴的,他也是为你好。"

"买一份皮蛋瘦肉粥加玫瑰腐乳给她。"

"收到,吴总。"

"你弄给她吃,我出去上个洗手间。"

吴益皓把双手插在口袋里,吹着口哨,漫不经心地从男厕所里走出来,只见满脸好奇的医护人员和病人围拢在一楼的急救科里成为一个标准福建土楼的圆,听见一个说港普的女生和一个本地口音的男生争执着什么,偶尔几个男医生和女护士崩出一些医学名词,忍不住去凑个热闹。

中间本地口音的男生看上去像是营养不良,低着头,手上打着石膏,脸上青一块紫一块。港普女生穿着运动校服,头发微微有点湿漉漉的,挎着一个巨大的运动包。吴益皓费力地拨开人群,忍不住说道:"吵什么,吵什么,其他病人不用休息啦!"

那个本地口音的男生趁着吴益皓拨开的口子借机想溜,却被港普女生一把抓住:"别走啊,丘同学,他们说你得住院观察一下。"

丘远雄恼羞成怒,又有点不好意思,他低着头,看着自己的鞋子，用清楚而又尽可能低的声音说道："我说过了，这里的费用我负担不起。"

"我已经帮你付过了。"Alice 真诚又坚决地说。

"那就，那就退款，快点让我回家，我爸妈要担心的。"

"我会跟叔叔阿姨讲的。"

"哼，不要你假惺惺地猫哭耗子。"

"我拉不开你们，但我已经跟老师说了情况了。"

"哦，原来还会打小报告。"丘远雄乘势扒开女护士的手，试图再次逃跑。

"我说你怎么回事？"一个声音终于再次出现，"都这样了，还跑？"

Alice 顺着发出声音的方向一看，吴益皓快步上前抓住丘远雄，毫不费力地和医务人员把他架进病房，看来平时的健身锻炼还是相当有必要的。

30

第三十章 二次谋杀计划

上海淞江一幢高档别墅内,"三件套"舒服地倚在沙发上,抽着从茶几盒子上拿来的古巴雪茄。一旁烫着过时短发的佣人正紧张地打扫卫生。他的视线总是往大门那边扫视,似乎在等待什么。江先生看上去老了,眉头的皱纹也稀松地布满在它应该布满的地方,他摸摸抱枕,突然发现有什么东西硌着了自己,伸手一摸发现一件深红色蕾丝的女士内衣。一声冷笑,他随手把内衣扔进了垃圾桶。

这时门铃响了,另一个女佣人冲到门口把门打开,身材发福的江太从门口走来,后面跟着阿 Peter 和王大为,"三件套"在烟灰缸里熄灭了雪茄,马上正襟危坐,活像上课的小学生。

阿 Peter 把门关了,于是江太默默地坐在对面的沙发上,毫不客气地也抽出一只雪茄,动作娴熟地用茶几上的陶瓷打火机点着,开始吞云吐雾。

"三件套"也不说话,默默地看着江太,像绵羊一样温顺。

突然江太像是想起了什么,大声说道:"不是江家人的都给我出去!"

大家惊醒过来,都放下手中的活,最后出门的阿 Peter 和王大为默默地把门关上。

江太也熄灭了雪茄:"讲吧,你寻我咩事(你找我什么事)?"

"三件套"缓缓地叹了一口气,默默地说:"有个女人比较麻烦。"

"哦,哪个?姓赵、姓李还是姓王的那个?"

"姓李的。"

"她怎么了?"

"要很大一笔钱。"

"给呀,你又不是给不起。"

"不给。她威胁说开发布会公开我犯法的事情,她说她有证据。"

"那个李淑淑不是一直很不安分吗?早就跟你说,你招

第三十章 二次谋杀计划

惹上这么不好糊弄的,是自寻死路。"

"只有你能帮我,这事情你熟练。"

"她怎么知道你犯法了?"

"偷看我手机咯。"

"你个疯癫,痴子啊,自己东西不管好,还得我给你收拾这堆破事。"

"我出事,你也不好过啊。"

"这倒是,不然我才懒得理你。"

"怎么弄?"

"还是把她先骗到香港,那里我人头熟,好办事。"

"还是车祸?"

"嗯。详细的事情你别管,我来处理。"

"……"

"我警告你,你这拈花惹草的毛病是改不掉了,但最近收敛收敛给我省省心,自己身体也当心,别给我弄出毛病。"

"知道了,啰唆。"

"反正跟你说了也是白说。"

"女儿好吗?"

"挺好的。"

"哦，过几天我订个限量款的包包给她。"

"你以为是你哄那些女人啊？"

"那你看她喜欢什么就买，账单给我就好。"

"我们家的钱都是我在管，我告诉你，每个月给你不少，你省着点花。"

说完，江太扬长而去。"要不是看在女儿的份上，我也做了他。"她恶狠狠地对阿 Peter 说道，坐上奔驰车走了。

第三十一章　你们都是剥削阶级

丘远雄双手抱肘坐在病床上，愤怒地看着窗外一言不发。旁边的 Alice 也一语不发，吴益皓怒气冲冲地看着他，脸上是一副长辈对小辈恨铁不成钢的表情："你也真是，你同学这么好心，你看看你。啧啧啧，狗咬吕洞宾不识好人心。"

"你们……哎哟痛。"丘远雄皱了皱眉头，给他上药的护士忙把手缩开，"都是有钱人，跟你们这种'剥削阶级'没什么好说的。"

"喂，你这家伙。"吴益皓正准备冲上去，自己休闲夹克的后摆被林颂死死地拉了一下："吴总，算了，跟小朋友计较什么？"吴益皓停了下来，回过头，不耐烦地说："他是未成年，可这么大应该懂事了！"

"我认识你，你就是那个上电视的富二代。哼，你懂什么？你们这些人整天就只知道享受、作秀，对社会有贡献吗？"

"我做公益项目的，你不知道别瞎说。"

"呵呵，你们所谓的公益项目、慈善晚宴，就是找个机会大家聚聚，吃吃喝喝，炫炫富，不要太开心。公益？借口而已。"

"那你就有多高尚？"吴益皓说："接受别人的帮助不说谢谢，人家不管有钱没钱，都是你的同学。你不要以为你穷你有理，仇富跟嫌贫没有区别。我们是经济上比你富足，但是你的精神上也没多文明，连起码的礼貌和修养都没有。"

丘远雄想要辩解，却涨红了脸，一句话也说不出来。林颂对离开的护士打了个招呼，就默默地走出病房，关上房门。Alice 对吴益皓鞠了一躬，一声不响地想要离开。

吴益皓看着低头沮丧的丘远雄，向他挥挥手："快点说谢谢！"丘远雄低声朝着 Alice 的方向咕哝了一声。吴益皓非常不满意地说道："大点声，快点！"

丘远雄轻轻清楚地说了一声："谢谢"。Alice 突然进门朝吴益皓走来："能否麻烦出来一下。"

吴益皓看了看丘远雄，点点头，出了病房门。Alice 说：

第三十一章 你们都是剥削阶级

"大哥哥,你怎么称呼?""叫我 Jason 吧。"两人互加了微信。

Alice 笑笑:"不久就是我的生日了,欢迎你来一起参加 party。"

"OK!"吴益皓比了一个手势,看着上了药的丘远雄,笑眯眯地答应了。

"细节我一会微信你啊。"Alice 抿嘴一笑。

"好的。"吴益皓露出傻大个的笑容,冲她招了招手,返回"小雯猫"的病房了。

第三十二章 Alice的生日Party

马勒公馆今天异常热闹，Alice新拍的艺术照挂在展示板上遍布各处。印有"Happy Birthday"金黄色气球团团簇簇，周围以米色为装饰的丝带、蜡烛不计其数。

Alice穿着一件白色裙子，腰带是用蓝色绸带装饰的蝴蝶结。她时不时东张西望，腼腆又带着喜悦的娃娃脸上满是笑容。这时，一个穿着粉绿色刺绣花朵裙子的女孩走过来，Alice真诚地打了声招呼："毓婷，你来啦？"那个叫作毓婷的女孩满脸堆笑，但那笑容仿佛是杯子装上的塑料片那样生硬："hello，寿星，生日快乐！这是给你的礼物。"说着拿出一个银色的包装袋，里面有一张贺卡，下面有一个白色的包装盒。Alice再次道谢，毓婷敷衍地点点头，什么也没说就进去了。

这时，穿着丝绸藏蓝色礼服的江太，带着她精致的妆

第三十二章 Alice 的生日 Party

容，忙里忙外。阿 Peter 和王大为也是一刻不停，一群福茂集团的员工也是丝毫不敢懈怠。"把那个李小姐叫过来，音乐声音太响了，话筒测试过吗？话筒和音响的比例要正好。"王大为指挥道，"菜品都弄好了吗？澳洲龙虾是新鲜的吗？我要过目。"

现场有一支弦乐四重奏乐队和一支现代流行乐乐队，乐手都做好了准备，摩拳擦掌，等待 Party 开始。毓婷坐在席位上，满面放光，悄悄地对隔壁的女生说道："你知道吗？Xavier 答应和我一起出去玩了，你说他是不是把我当女朋友了？"旁边穿着芭比粉荷叶边裙的女生说："是吗？待会你跟那个 Alice 说，看她反应。"毓婷笑笑说："不用，等到以后正式在一起了，再告诉她。"一边洋洋自得地喝了一口苏打气泡水，一边冷笑着望着那边的 Alice。

当舞台默默地用聚光灯打出，四周的灯都暗了下来，这时王大为站在台上，充当主持人："欢迎各位来宾光临江小姐 Alice 的生日 Party，请大家把手机调成振动，尽量不要影响下面的节目。接下来，首先欢迎江小姐的同学，Xavier Vernhet 先生为大家献唱，这是他为江小姐的生日特别准备的演出节目。"

眼见着穿着皮衣和皮裤的 Xavier 抱着吉他走上了舞台，清了清嗓子，落落大方地对台下说："我想唱一首非常经典的摇滚歌曲——《I Hate myself For Loving You》。"之后他颇有风范地大声喊道："大家嗨起来。"鼓手将鼓点打起，现场气氛到了高潮。

毓婷看见 Xavier，开始的表情是惊讶，然后是嫉妒，最后她的眼泪流了下来，她不顾一切地冲出了大厅。旁边的芭比粉女孩也跟着跑了出去。

突然毓婷撞到了一个人，她也没有理会，径直地冲到了门口的草坪上。被撞的吴益皓看着痛哭流涕的毓婷，善良的本能让他不得不停下来走了过去。

毓婷的眼泪停不下来，她喃喃自语："他给她唱歌，我却不知道，我不知道……"

一起来的"小雯猫"也跟吴益皓一起站着，不解地看着痛哭流涕的毓婷。

旁边的"芭比粉"女孩不住地安慰她："只是一首歌啊，他肯定还是喜欢你的。"

吴益皓和"小雯猫"对视了一下，走了过去。

33

第三十三章 "傻大个"与"三件套"的再次相遇

毓婷蹲在地上,眼泪像水龙头一样流:"为什么他给她唱歌,他从来没有给我唱过歌,我过生日请他,他也不来。"

"芭比粉"女孩拍着她的背,慢慢地将她扶起:"没事的,没事的,就是唱首歌嘛,有什么呀!"

吴益皓见毓婷渐渐止住了哭,也就不说话了,和"小雯猫"一起走进了大厅。

王大为站在台上,突然他发现了一个熟悉的身影,虽然他已经很久没见,但是他依旧熟悉,可是他不敢确定,不敢相信。突然,这种念头像潮水一样占满了他的思路,他停止了讲话,呆呆地望着前方,眼睛往那个身影不住地扫视。

"David,怎么了?你怎么不说话了?走神啦,快点继续。"江太冲他挥挥手,王大为这才反应过来。他清了清嗓子,专注到主持工作中。

吴益皓冲坐在前面的Alice招了招手,和"小雯猫"找了个靠后的位置坐着。

王大为总算结束了主持的工作,于是他的眼睛肆无忌惮地往吴益皓那里张望。吴益皓专心地看着Alice在台上切蛋糕,没有注意到王大为的目光,再说王大为的外貌变化很大,他也没有认出。

王大为似乎没有从过去的事情中解脱出来。他走向吴益皓,礼貌地打了个招呼,吴益皓也客气地点点头,王大为做了个请的手势,表示要借一步说话。吴益皓也没多想,就随他走出了大厅。

"你是不是吴益皓?"

"是,我就是。"

"你怎么和我们江小姐认识的?"

"无巧不成书。"

"你叫什么名字?"

"David。"

"David?你是香港人吗?"

第三十三章 "傻大个"与"三件套"的再次相遇

"我不是。"

"哦哦。"吴益皓也没多想,之前因为李淑淑老是上娱乐新闻,有人认出他也不奇怪。

这时,一只手搭在王大为的肩头:"David,怎么不在里面忙,单单跑到外面来?"

而另一只手突然僵在了空中,吴益皓也是一愣,他也很久没见他了,也没想过在这个场合还能遇见他。

"三件套"一愣,但马上换作一副看不起他的表情:"你怎么也在这儿?"

吴益皓恍然大悟,然后问道:"Alice是你女儿吧?"

"三件套"默然不语,有点警惕:"你怎么和我女儿认识的?我警告你,你别打我女儿的主意。"

"搞笑,我没那么重口味,连未成年都不放过。"

"结束以后,和我喝一杯?"

"Why not?"

"OK。"

吴益皓回到大厅,在"小雯猫"旁边坐了下来,仿佛什么事情都没有发生。

第三十四章　意外

"三件套"刚和吴益皓并肩走到门口准备上林宪斌开的车，去衡山路找个幽静的地方。突然阿 Peter 跑到"三件套"面前上气不接下气地说道："姑爷啊，不得了，快去看看。小姐被恐吓了！"

"三件套"和吴益皓立马随着阿 Peter 的方向走去，只见 Alice 面色铁青地站在那里，地上有一个打开的包装盒。"抓住了，打死了，没事了。"王大为抓着一只死老鼠往门口走去。

"没事，没事，安心啦。"江太搂住 Alice，一声声安慰道。

"乖啦，乖啦，没事。""三件套"摸摸 Alice 的头，"查出来是谁干的吗？"

"是、是毓婷，这个是毓婷送我的。大家都知道我最怕老鼠了。"Alice 哭道。

第三十四章 意外

"你的微信我扫一下,以后再约吧。""三件套"对吴益皓说道。

吴益皓早已经让"小雯猫"先回去了,自己一人爬上轿车的后座,一言不发。他苦笑着,自己只是想和他聊聊晴晴罢了。原来要借钱看病的是"小雯猫",那个真实存在却被人当时误作谎言的表妹。他心里满满的歉意。他随意地扫过车窗外的车水马龙,却越发地觉得孤单。他已经不是当年的少年也无法像爱上葛晴晴那样纯粹地爱上别人了。

他怀念晴晴更怀念那时的自己,每当父母把葛晴晴贬得一无是处,说她是个"拜金女"的时候,他总是感到愤怒和不可理喻,虽然他清楚,他们看到的和他看到的肯定是不一样的。他不敢跟任何人说起自己的想法,圈子里的人觉得,为了这样一个女孩痴心不改是愚蠢的。他们这些富二代,好多都是不婚主义者,对他们而言,婚姻反而是麻烦、是约束。

如果葛晴晴还在,他会和她结婚吗?答案是肯定的,但是如果她知道他真实的家庭条件,她还能和以前一样单纯吗?家境如此悬殊,她也许也会变得和那些女孩子一样。吴益皓感到一阵头疼,于是停止思考这个问题,开始默然不语。

"回家吧。"他疲惫地对林宪斌命令道。

"哪个家？"

"回我父母家吧。"说出这句话的吴益皓突然松了一口气。

"哦哦，好的。"林宪斌有点出乎意料把想说的"小皓"硬生生地咽了下去。

车子到了，吴益皓下了车，按响了门铃。阚阿姨退休了，开门的是一个年轻的自称张阿姨的人，他居然从未见过。

他默默地走过过道，推开了门。张百莉和吴承鲁正在吃饭，张百莉急忙放下了饭碗："小皓！"吴承鲁看上去，正在拼命地掩饰自己的情绪。

"爸，妈，我回来了。我还没吃饭，一起吃吧。"

"王阿姨，快点加一副碗筷。"张百莉说道。

"今天我住这里。"吴益皓假装低头扒饭，忍住眼泪，一言不发。

饭厅的枝蔓型吊灯洒下温柔的光，家里好久不见的温馨气氛又出现了。

第三十五章　正式介绍

千豪大楼是一座由著名设计家藤安忠雄设计的大楼，结合了传统的中国艺术和现代建筑表现手法，里面的装修看上去寡淡平和，没有金碧辉煌的水晶灯，没有白色的大理石地面。水泥铺就的修道士风装潢，很是前卫。

吴承鲁和吴益皓穿着正装坐在车里，正要下车，吴承鲁细心地替吴益皓理了理衣服和袖口："今天是你的大日子，第一次向董事会正式介绍你。你可不要掉链子，要给我争气。"吴益皓微笑了一下，漫不经心地说："怎么你看上去比我还紧张。"吴承鲁也一笑，早有人替他们把车门开好，于是两人接连下了车。

后面一辆车上，董萌和几个工作助理早早地从车里出来，跑到吴益皓的前面，开始向他介绍："这是营销部总监白云山、这是财务部总监李在先、这是地产管理部总监

蹉跎岁月 才学会的爱

林帆……"

吴益皓礼貌地和每位总监握手,点头标准微笑说道:"你好!"

一群人簇拥到大楼的电梯间,早有人用手挡着一侧的电梯门,吴益皓随吴承鲁走进了电梯,上了二十楼。

"叮"的一声,董萌等外面的人都走出电梯,替吴承鲁挡住电梯门,吴承鲁向吴益皓使了个眼色,两人一同走出。

会议室里坐满了人,吴承鲁示意吴益皓在自己身边站好,吴益皓就乖乖地站着,打量着这个新中式设计风格的会议室。办公桌来自昂贵的上下品牌,座椅都是中式的紫檀太师椅,他默默地盯着中间放着的仿钧窑瓷器,里面插着一支新鲜的荷花。董萌指挥着秘书,在吴承鲁面前放一杯水,里面泡着茶叶,应该是他父亲喜欢的太平猴魁,然后默默地在吴益皓面前放上了一杯无糖的健怡可乐。

吴承鲁笑着对大家说:"大家好!这是我的儿子吴益皓,大家可以叫他小吴。以后他来这里学习还要大家多多指点。"吴益皓立即鞠了躬,露出标准的微笑:"大家好,我是吴益皓,以后互相学习。"

"这小吴我没见过但也知道,娱乐新闻里经常出现。"

第三十五章　正式介绍

只见一个穿着粉色Chanel（香奈儿）外套的女人阴阳怪气地说道："怎么啦，现在也开始学着干正经事啦。"

吴承鲁使了个眼色，吴益皓有点尴尬。只见董萌上前一步，拿了一个果盘过去，直接把里面的切块西瓜用餐叉叉了一块，笑眯眯地说："卢董，天太热，这是麒麟西瓜，你吃一点消消火。"

"是呀，是呀，我们都是跟老吴总摸爬滚打过来的，这小吴总我们自然是要照顾的。希望是虎父无犬子，可是啊，他每次一上新闻，我们就为集团捏一把汗啊。幸好我们不是上市公司，不然股价那就不好说了。"说罢，白了个眼，就安静地当她的"吃瓜群众"了。

吴承鲁倒也不恼，指挥吴益皓挨个问好、握手，其他人都客客气气地，唯有这卢董，一直装作眼前没这个人似的。

吴承鲁开完介绍会，就回办公室听汇报了，嘱咐董萌陪着吴益皓到处转转。吴益皓长这么大，父亲都从来没让他来过这栋大楼，进了电梯，到了另一层，眼见旁边有一间空办公室，连忙把董萌拉进办公室。见四下无人，轻声问道："这个卢董什么情况？"

董萌说:"你是吴太太的儿子,也难怪她是这个表现。她是你父亲的同学,以前是恋人,后来又是一起打江山的伙伴。你父亲和她分了手,之后和你母亲在一起了,她对你母亲和你有怨言也正常,大家都知道这层关系,所以也就见怪不怪了。"

吴益皓吐吐舌头,和董萌若无其事地出去,继续参观大楼。

第三十六章 今年还是想去一次香港

"三件套"和吴益皓约在了一家茶馆，这个地点是吴益皓提议的。茶馆在一栋老洋房里，闹中取静，人烟稀少。穿着月白色旗袍的服务员问道："两位先生，室外还是室内？"

"室内吧。"吴益皓说道："这天气，在室外不是喂蚊子吗？"

女服务员看着他，做作地捂住自己嘴巴，一笑。吴益皓见多了，也就无所谓，倒是"三件套"给了她一张5美金的小费。

"干吗？这里不兴这个。"吴益皓撇了撇嘴，"三件套"耸了耸肩，他们也没继续这个话题。

两人到了一个雅间，吴益皓也没看茶单，说道："六安瓜片。"

"太苦了，我要白桃乌龙。"

"夏天，消消火。"吴益皓又撇了撇嘴，"三件套"又耸了耸肩。

"你最后一次见 Anita 是什么时候？"

"我不记得了，我们见面就聊这个？"

"不然呢，我们还聊什么？"

"三件套"从西装内袋掏出一支雪茄，用茶馆放在桌上的打火机点燃了，缓缓地呼出一口气："看不出来，你还挺痴情的？"

"没有，随便问问，如果不是她，我们两个也不会认识，不是吗？"

"那倒是。"

"私事不提，那就聊聊公事。"

"你讲。"

"听说你们福汇集团要收购我们千豪集团旗下的部分业务？"

"消息挺灵通嘛。公司的事情我不过问的，我又做不了主。"

"你们打算拓展内地市场？"

第三十六章 今年还是想去一次香港

"是啊,这是很明显的。"

"所以?"

"非常抱歉,无可奉告。"

"三件套"拿起他的西装,郑重其事地抖了抖:"没其他事,我就走了。"他茶也顾不上喝,就结束了这次会面。

"去吧。"

吴益皓无可奈何地回到家,张阿姨说:"吴总在书房里等你呢,你上去一趟?"

"哦哦,好的。"

吴益皓叩了叩书房的门。"进来。"吴承鲁沉稳的声音传了出来。

吴益皓轻轻地推开门,看见吴承鲁正在用颜料绘画:"爸,你在画画啊。"

吴承鲁放下画笔,用旁边准备好的湿毛巾擦了擦手:"是啊。"

吴益皓仔细地看了看画作,画的是森林。

吴承鲁感慨地说:"我十六七岁的时候,家周围都是这个样子的。我是在爷爷奶奶家的林场里长大的,我父亲是林场的第一个,也是唯一的师范生。那时候觉得世界就是这样，都是树，郁郁葱葱的，我也没有城市的概念。"

吴益皓坐在房间一侧的椅子上仰望着自己的父亲，感觉他老了，顿时有点心酸。

"对了，你明天来集团大楼旁听会议，你也是时候担责任了。"

"是吗？"

"有些集团管理的事情，你也应该学起来的。"

"你们这一代，和我们的生活环境不同，想法也不一样。我以前是太着急，只顾自己的感受，我不是一个好父亲。"

"不，你和妈妈已经做得够好了，我自己也有问题。"

"教你，和画画一样，得慢慢来。小皓，你原谅我们，我们也是第一次做父母啊。"

吴益皓拍了拍吴承鲁的肩，然后离开了书房，心里的结似乎解开了一些。

吴益皓对父亲说："我今年还是要去一下香港。"

第三十七章　关于福汇集团收购的董事会

王兴儿紧张地站在千豪大楼前,看了看手上那只"三件套"送她还舍不得扔掉的红色表带卡迪亚腕表,心里一横,走近了大堂的问讯台。问讯台前穿着黑色套装的女员工客气地问道:"小姐,您的来访事宜是?"

"千豪集团董事会列席。"

"好的,您稍等。"

"Cindy,你来啦?"

"哎哟,董萌萌,今天很漂亮啊。"

"我天天都是职业套裙,你不是都见过。"

"但你今天的橙橘色口红特别亮眼,很不错。"

"我今天穿的是墨绿的,配一点亮色。"

董萌把 Cindy 带到了会议室门口,Cindy 深吸一口气,推门进去了。董萌看会议还没开始,就安排 Cindy 在末位坐了下来。

吴承鲁带着一组人包括吴益皓走进了会议室，坐定后，他说："关于福汇集团有意向收购我们的事情，大家也都知道了，我想听听大家的意见。"

今天穿着白色西装配蓝色雪纺荷叶边衬衫的卢董首先发言了："我觉得这个福汇集团在洗衣行业的名声非常不好，他们的洗衣业务由于诸多原因受到很大冲击。之后就一直靠金融和海外地产投资获利，然后这两年集团经营中心向内地转移。我们必须反收购，一是我们有这个实力，二是千豪集团目前运营良好，被收购不利于公司的长远发展。我们必须旗帜鲜明地对这种夜郎自大、不知道自己几斤几两的对手进行回击。"

"卢董的意思我知道了。"吴承鲁点点头，看向一个有点年纪戴着金丝边眼镜的中年男子，微微点头问道："汪新高呢？你有什么看法？"那个被称作汪新高的微微点头："千豪集团不是上市公司，对方无法通过在市面上购得股份的方法来对我们进行收购。但我认为，做生意嘛，和气生财，没事不要去得罪人，对我们无利。我们不是上市公司，对方对我们的实力认识其实是有限的。我们可以试着同对方

第三十七章 关于福汇集团收购的董事会

友好协商,互利共赢,化干戈为玉帛,也为我们了解香港市场探路。"

卢董正要反驳什么,吴承鲁随意地挥挥手,她也就咽下了话头。"今天我们请了福汇集团的前员工负责收购的王兴儿来向我们介绍福汇集团的具体情况,下面请王小姐发言。"

Cindy 站起来,示意董萌,打上之前制作的 ppt 并投影。投影上出现了关于福汇集团的详细信息,她首先直接说道:"大家不要抱有幻想,以福汇集团的一贯做法来说,这次的收购就是一次能被定义为恶意收购的收购,只不过福汇对千豪集团其实并不了解,因此通过信息差,我们一定可以完成这一次反收购。"

大家对视一眼,将目光投向 Cindy,专心听她的介绍,因为大家对福汇集团也是不了解的。

第三十八章 江警官的执着

香港特别行政区屯门的某间公寓，墙上挂着一件褪色的警察便服，上面的名牌闪闪发光，看制式，显然是香港回归之前的旧制服。

桌上的玻璃烟灰缸里已经躺满了烟蒂和烟灰，但始作俑者似乎并不在意，又点燃了一根烟。烟雾很快弥漫了整个房间，营造出一种似有似无的忧伤。书桌上放着一张三人合影，是常见的三口之家，里面的男主人的头被香烟烫出了一个洞，还有被狠狠揉搓了的痕迹，并且明显是撕开过又粘好的。

"伟仔，食饭啦（吃饭）。"门外一个声音叫道。

"唔该（多谢），吾一会返工咳（我一会上班）。"电脑前的人影回过头，脸上满是油光，胡子没有剃干净，黑框眼镜挂在脸上。

"吱拉"的一声推门声，一个白头发的老太太端着一个

第三十八章　江警官的执着

托盘装着饭菜走了进来:"食饭(吃饭)啦,睇咩啊(看什么呢),当心盲咗眼(当心用眼过度)。吾买底深水埗烧鹅(我买了深水埗的烧鹅),快食啦(吃点来吃)。"一边把托盘放在一旁的边桌上。

"知啦(知道了),知啦(知道了),当心腿脚,点么大年纪了(这么大年纪了),药食了咩(药吃了没)?"

"唔使担心(不用担心),冇事(没事)。"

老太太往外走,回头看了看那个男人,小心翼翼地说:"唔知讲唔讲(我不讲你不知道),你爸下周三祭日,吾想去烧香(我想去烧香),尽片心。"

这句话像是点燃了两人之间的导火索,男人终于恋恋不舍地离开了电脑,冲老太太大吼道:"发嚫疯(发什么疯)。"

"你冇良心(有没有良心),系你爸(是你爸),亲生爹地哈(亲生父亲)。"

"良心,宾个冇良心(谁有良心),他点么有钱(他那么有钱),呵呵,福汇集团,认过我咩(认过我吗)?到死都不认我们,不能进门。"

"他冇计嘛(他没办法),有苦衷嘛。"

"信你个鬼。吾出工去了(我上班去了)。"

青山警署。

"阿伟，返工啦。我同你讲，明天晚上下班去打边炉哈。"

"唔去（不去）。"

"死样，咁死板（怎么不变通）。莫查啦，你整天查那个大陆女孩车祸，都讲了是意外哈。"

"讲耶稣（你废话那么多）！"

江文伟叹了口气，继续在电脑上浏览案卷。一边浏览证词，像是着了魔似的疯狂浏览同一页，仔细地甄别每个字句。他总觉得这个在岭南大学旁边的发生的车祸有可疑之处，虽然他承认他主观认为和福汇集团有一定的关系，是他如此执着的主要动力。

葛晴晴，他浏览了自己搜集的资料，电影大学校花。开车司机是福汇集团的员工，可是车辆已经毁坏，没有任何其他证据支持。

他叹了口气，打开互联网，输入了"三件套"的英文名。一条八卦新闻跃入眼中，现在这个人又和一个内地演员李淑淑纠缠不清。他狠狠地往烟灰缸里碾了碾烟蒂，一言不发。

都快退休了，他默默地叹了口气，我这一生也就这样了。突然，一种落寞感油然而生，他随意地跷起二郎腿，望着窗外的景色，惆怅了一阵，又投入忙碌的工作中去了。

第三十九章　维多利亚港的夜景

夜晚的维多利亚港灯火璀璨，有一只只船只在香江上徐徐通行。

吴益皓倚着栏杆望着这景色若有所思，旁边的葛雯雯兴奋异常，拿着手机不住地自拍。最后，她像是想到了什么，把手机对准吴益皓，半是撒娇半是请求地说："我们俩拍一张，快，我们俩还没拍过合影呢？"

吴益皓的思绪从远处收回，他一愣，看着"小雯猫"开心的星星眼与葛晴晴相似，马上避开，不知道在逃避什么。"快点，你看那里。""小雯猫"三下五除二，比着最土的剪刀手，镜头一侧是讶异的没有表情管理好的吴益皓。"来来来，拍好了，一会儿发你。"

"小雯猫"得意地笑笑，"对了对了，我们有好多地方要去。"她摇摇手里的《搭地铁游香港》。吴益皓一看，没好气地说:"叫你做攻略,你倒好,直接买这种书,图省事。""小雯猫"掏出了一个粉红色的笔记本,白了吴益皓一眼,颇为得意地说道:"谁说我没做功课,哪些品牌打折,哪里买,我都调查好了。"

吴益皓抢过笔记本,翻了几页一看:"想买的挺多啊,谁买单?"

"小雯猫"不客气地说:"这都是我帮人家带的,我这是生意,当然啦,你赞助一点最好啦。"

"看不出来啊,笨头笨脑的样子还会做生意?"

"谁笨头笨脑了?"

"不是你,难道还是我?"

"切。"

出租车上吴益皓面无表情,心中却暗自欣喜地看着"小雯猫"一副没见过世面地向两个车窗张望。不一会,到了四季酒店。吴益皓等待门童打开车门,下去提了行李和包。看着自己的旅行套装被取下,又看见"小雯猫"吃力地拿着自己大大的粉红色塑料行李箱,暗暗想,明天办完事先给她买个行李箱吧。

"两间房,说好的哦?""小雯猫"在大堂里上看看,

第三十九章 维多利亚港的夜景

下瞧瞧,乐不可支地逛来逛去。

吴益皓看她在大堂里自拍和开心的样子也没制止,反正没大声嚷嚷影响别人,自己心中的五味杂陈完全是自己消化,他苦笑了一下,办好了入住手续。他有些烦闷,"小雯猫"还不知道我们此行的目的,他想该怎么和她说呢,这是个挺尴尬的事情,她也不知道我认识她表姐,哎,得好好和她谈谈。

"喏,房卡。"

"哦哦,明天一起早餐,几点啊?"

"六点。"

"然后去哪里啊?"

吴益皓沉默了一下,冲他摆摆手,径直上了电梯。

第四十章　早餐的恳谈

吴益皓往盘子里弄了点炒蛋，又夹了煎培根、香肠，另外拿了些蔬菜色拉，坐在自己的位置上，看着"小雯猫"桌上的一堆食物，不由得有点好笑："喂喂喂，我跟你说，吃多少拿多少，不要浪费。"

"小雯猫"用被食物塞满的嘴咕哝着："没有浪费，我每样都拿了一点，尝一尝。"说着又往自己嘴里塞了一小块肉片，"唔唔唔，没有浪费。"

吴益皓只能看着她风卷残云般地解决了眼前的食物，一脸心满意足的样子，倒是让人感觉非常治愈。"拿点饮料喝喝，别噎着了，我跟你聊聊行程问题。""小雯猫"用手比了个 OK，鼓着腮帮子，去饮料台拿了一杯橙汁。

吴益皓也去咖啡机旁冲了一杯美式，然后缓缓坐下，看着打扫完战场的"小雯猫"，问道："吃完了？""小雯猫"

第四十章 早餐的恳谈

点点头。"我有话要说。"吴益皓默默地低下头，不敢抬头看他。"我们办完今天的事情，之后就去观光购物。"

"小雯猫""扑哧"一声笑出声来："干吗？这么严肃，说吧，办什么事情？"

"是这样的，我和你表姐葛晴晴……"吴益皓深吸一口气，"以前是……朋友。"

"啊？""小雯猫"有点惊讶，随后有点难过，"她去世很久了，你们认识？"

"嗯。"吴益皓点点头，"所以我们今天上午先去你姐姐的墓地，中午和一个警察朋友吃饭，下午去你姐姐的出事地方祭拜。"

"所以，你和她到底是什么关系？"

吴益皓有点哽咽，最后努力地抬起头说："她是我的初恋。"

"小雯猫"有些诧异，最后突然爆发了："我知道了，你根本不是喜欢我，我不过是我姐姐的一个替代品，就像从小大人把我们互相比较一样。你对我这么好，根本就不是因为我本身，而是因为我是我姐姐的替代品。你肯定做了什么对不起我姐姐的事情，所以要弥补我来使自己不内疚。"

周围的人都看着他俩,"小雯猫"突然站起来,愤然往餐厅门口大步走去。

　　吴益皓急忙追上去,到了酒店门外,他大步追上"小雯猫",抓住她的手腕,低吼道:"你别走。"这低吼里藏着一点哀求。

　　"小雯猫"转过头来,吴益皓看到她开始流泪,第一次产生想抱抱她的冲动。

　　"小雯猫"抬头看他,眼神里充满愤怒,吴益皓默默地把她拉到酒店大堂的沙发上,给她递了一包纸巾。"小雯猫"一把推开,瞪大着眼睛看着他:"我不要用你的东西。"

　　吴益皓默默把纸巾放在她旁边,觉得是时候可以跟她说实话了:"是,我是喜欢你姐姐,但我喜欢她更多的是因为喜欢单纯恋爱的感觉。这么多年了,我也不知道我为什么还那么喜欢她,也许是我欠她的,但其实我们并没有对对方有深入了解。"

　　"所以你要把我当成你感情的寄托是吗?我是人,不是东西。"

　　"不是的,你和你姐姐不一样,完全不一样。"

第四十章 早餐的恳谈

吴益皓最后鼓起勇气:"我喜欢你,就算没有你姐姐,我也会喜欢你的。但是我必须承认,我们的了解还不够,我是想和你认真经营一段感情的,如果你愿意的话?"

"小雯猫"愣住了,呆呆地看着吴益皓。

第四十一章　晴晴的轨迹

下雨了，吴益皓和葛雯雯一人撑着一把从酒店借的雨伞在墓地泥泞的坡道上行走，墓碑上上下下占满了每一个山坡。吴益皓默默地走到一个墓碑前。墓碑是用白色的大理石做的，是一个简洁的三角形，中间放着葛晴晴微笑的照片，上面写着爱女葛晴晴和父母敬立的雕刻。

"小雯猫"看着这个设计别致的墓碑，不由得十分好奇："这是谁设计的？"

"我。"吴益皓盯着墓碑回答道。

"你？"

"是的。"

"你还会设计墓碑？"

"我大学是读建筑设计的。"

"啊，你还上过大学？"

第四十一章 晴晴的轨迹

吴益皓埋头不言,掏出准备好的抹布,默默擦拭起积灰的墓碑,一撇一捺,十分仔细。"花呢?"吴益皓转向"小雯猫","小雯猫"回过神来,把一束白色的玫瑰百合放在墓前。

"愣着干什么?叫姐姐,跟她说说话。"吴益皓站起来,退后一步。

"小雯猫"上来,鞠了三躬,双手合十,说道:"姐姐,我来看你了。从小你对我最好了,过生日的时候,你送给我自己折的千纸鹤;你自己打工,带我去看昆曲演出;我生病做支架,你帮我筹钱……你在那边好好的,下辈子我们一定又会是一家人的。"

吴益皓默默地在一旁站了一会儿,"小雯猫"也是。过了一会儿,他们就离开了。

出租车上,吴益皓看了看手机,对"小雯猫"说:"一会到翠园,你多吃点,江警官已经到了。你吃饭的时候注意点,别太急,慢点吃。怎么说也是演闺门旦的,有点大家闺秀的样子。"

"嫌我丢人啊?"

"不是,为你好,提醒你注意形象。怎么说话总是那么冲?"

"小雯猫"被外面的香港景色所吸引,也顾不上顶嘴了。

"你好啊,江警官。不好意思久等了。"吴益皓露出笑容,伸出了友好的手。

江警官也伸出了自己的手:"你好啊,吴少。"

"坐,这是我朋友。雯雯,这是江警官,你姐姐的案子他一直很关心。"

"江警官,你好!我是雯雯,晴晴的表妹。"

"哦哦,长得很漂亮啊。"

"谢谢。""小雯猫"谦虚地说道。

"坐坐,一起吃,我都点好啦。"江警官操着有口音的普通话客气地邀请道,"下午带你们到葛小姐去世的地方拜祭一下啊,这个地方经常出车祸的,不大好开。"

"多谢了。"

"应该的。"

第四十二章　目击证人

屯门某急转弯路口。

"就是这里。"江警官用手指了指那个路口,"再过去就是岭南大学了。"

"哦,这里车子还蛮少的。"

"是啊,容易刹不住就出车祸了。"

吴益皓自己默默望着那个方向看了半天,又回头对"小雯猫"说道:"东西拿出来。"

"小雯猫"从环保袋里拿出了和墓地前一样的鲜花,还有一张葛晴晴的照片放在角落的灯柱靠着。照片上的葛晴晴笑靥如花。吴益皓拿出三根小蜡烛点上,默默地鞠了几躬。然后是"小雯猫",最后是江警官。雨在吃饭的时候就停了,此时的天空逐渐明朗,太阳开始露出他那威严的脸庞,光芒四射。吴益皓拿出一个信封交给江警官,江警官也没推辞,就收下了。

蹉跎岁月 才学会的爱

大家正准备离开，突然冷清的街角出现了一个打扮时髦的女人，全身名牌，背着一只限量款的 LV 包包，踩着一双 Christian Louboutin 的高跟鞋，墨镜反着光。

"小雯猫"第一个认出了她，悄声对吴益皓说："这女人长的好像李淑淑啊。"

吴益皓头皮一阵发麻，不想多说，拉着"小雯猫"往相反的方向走去。

"等一下啊，我拍个视频和照片给我姨父姨妈，让他们安心。"

"好。"吴益皓点点头，转过身去，实在不想和李淑淑再有牵扯。

那个女人从马路对面走了过来，突然一辆货车开了过来，直接把她撞倒。

江警官三步并作两步走了上去，货车却快速倒车，又往她身上重重地碾了过去，然后飞驰而过，荡起一阵灰尘不见踪影了。

"小雯猫"的手机"啪"地掉在了地上，明显是主人惊恐的表现。江警官和吴益皓冲上前去。江警官拿起手机，拨打了急救电话，又报了警。

吴益皓看到血肉模糊的李淑淑，感到害怕，以往的爱

第四十二章 目击证人

恨情仇在此刻都放下了。江警官用随身携带的手套收好李淑淑掉落在一旁的手机放进她的包里。救护车很快到了,他们三人陪同去了医院。

"我们尽力抢救了,但是病人已经没有生命体征了。"医生说,"你们谁是家属?"

"我们都不是。"吴益皓轻声地回答道。"我来联系,我是警察。"江警官说。

不一会儿,江警官的同事到达了现场,大致沟通了情况。"你们都是目击证人,你们可以作证,这是肇事逃逸。"

"不,我觉得这是蓄意谋杀。"江警官说道。

"可是昨天这个路段的闭路电视就出现了故障,我们还来不及维修,调不出录像。"江警官的同事用不太标准的普通话说道。

"我、我录下来了。""小雯猫"紧张地回应道,"我手机都录下来了。"

大家把视线看向"小雯猫",事情的发展远超预料,没有想到会有现场的录像保存。

"好,你去警察局做个笔录,我们警方来看看这个录像。"

第四十三章　莫名其妙

"什么乱七八糟的。""小雯猫"打开手机新闻推送,不免嘀咕了一声。

"我看看。"这两天被这些事情搅得头昏脑胀的吴益皓拿着"小雯猫"递过的手机,迅速浏览了一下,眉头不禁一皱。手机屏幕上赫然显示着:李淑淑香港命丧黄泉,吴益皓念旧情医院最后告别。

"天,这些记者真敢写,今天娱乐版的头条都是你。""小雯猫"烦躁地说。

吴益皓一阵头皮发麻,这时电话响了,一看是董萌打过来的。他立马接起电话:"姐,怎么啦?"

"看新闻了吗?"

"刚看到。"

"一会儿给张总打个电话,她担心死了。"

第四十三章 莫名其妙

"今天本来是楼盘开幕的,现在好了,一堆记者堵住吴总,都要问这个事情。"

"哦。"

"公关部已经在解决了,你自己低调点,不要到处乱跑。"

"知道了。"

"其余的事情你跟张总说吧,跟我说,我再转达,也不方便。"

"知道了。"

刚挂掉,张百莉的电话就来了:"小皓,你还好吧,怎么回事?"

"妈,就是个意外。"吴益皓简单地把事情的来龙去脉说了一下。

"天降横祸,这些记者又瞎写。我们已经去跟认识的人打招呼了,让他们删帖。你自己小心点。"

"我知道了。"

"小雯猫"说:"现在怎么办?你不能出去,估计我们已经被香港狗仔盯上了,这里的情况我知道的,比内地还疯狂。"

蹉跎岁月 才学会的爱

吴益皓坐在房间沙发上,一脸笃定说道:"既来之,则安之,安心待着吧。"毕竟他已经不是第一次经历这样的风波了。

突然,酒店房间的电话响了,吴益皓打开免提键:"吴益皓先生,您好!外面很多记者要采访你,说是想让你聊聊李淑淑的事情。"吴益皓懒洋洋地说:"一切具体情况,请咨询香港警方,我这里无可奉告,谢谢。麻烦你代我转达一下。"

"天哪,快看这篇文章。""小雯猫"把手机递给吴益皓。

吴益皓一看,不由得有些愤怒:"'李淑淑后援会质问渣男吴益皓,还我家淑淑一个公道',什么跟什么。"文章对李淑淑为何和吴益皓出现在同一个地点,吴益皓曾派人殴打教训李淑淑等进行了所谓的逻辑分析,甚至认为吴益皓是导致李淑淑死亡的直接原因,要求警方对吴益皓进行调查。就在吴益皓滑动手机的同时,突然发现这个高点击量的帖子已经被封。

"你真的打过她?""小雯猫"惊讶地问道。

"并没有,"吴益皓叹了口气,"她自己在我们争执的时候,自己打伤的。"

第四十三章 莫名其妙

"小雯猫"抢过手机:"别看了,反正都是胡编乱造。好啦,现在香港游也泡汤了。"说着她从旅行箱里拿出一副扑克牌,一脸开心地说:"我们打牌吧,幸好我每次出门都会带牌的。"

"好的呀,争上游?"

"OK。"

刚发完牌,便被一阵急促的敲门声打断,吴益皓插上防盗链,拉开门。

"你好,吴益皓先生,我们是警察,这是证件,麻烦跟我们走一趟,配合调查。"

吴益皓看了看证件,说道:"行,但是能从后门走吗?前门记者太多。"

"可以。"

吴益皓看了看流露出担心神色的"小雯猫",冲她笑了笑,挥了挥手,就打开门,跟随警察一起出去了。

第四十四章　双方的争执

"大家好，这次的李姓女星谋杀案，由上海警方和香港警方联合侦办。大家欢迎从上海来的同事。"

全体香港警察起立欢迎，上海来的警察鱼贯而入，坐满了另一边。

"好，会议开始。大家对案件的基本情况都已经了解，可以谈谈各自的想法。"

上海警方说："根据舆论导向、网络线索和知情人举报，我们认为应将吴益皓列为犯罪嫌疑人。他有非常大的作案动机和充足的作案时间。"

坐在末席的江警官有些着急："不可能啊，他和我一起是目击证人。"

"假如这是他自己设计好的不在场证明呢？"

"点解（为什么）？"

第四十四章 双方的争执

"这两个有过节的人,在同一时间同一个路口相遇,不觉得很可疑吗。"

"那你先听听我们这里的调查结果。"香港警方的领导向江警官示意了一下,江警官自己操作好电脑就开始陈述案情。期间有上海方面警察提问,他也一一作答。

"我觉得江文伟同志不适合继续这件案子的调查。"

"为什么?"

"他是目击证人,又和重大嫌疑人有接触,应该避嫌。"

"我前面不是说过了吗?我们正在和你们合作,要在全国追捕肇事司机。这辆车是福汇集团旗下的,要查也应该先查福汇集团啊?这是我们的侦查思路。"

"现在内地民众对这个案件的关注度很高,如果我们不调查吴益皓的话,很难给民众一个交代。"

"那你们也不能冤枉人,没有证据,就乱加罪名,以后百姓怎么报官。"

"报官?报什么官?"

一个香港警察忍不住笑出了声:"莫见怪啊,报官是我们这里的方言,意思就是报警啦。"

"哦,不是,这个不是重点。内地和香港地区的法治体系是有差异的。你们是做无罪推定的,我们不一样。总之,我们要把他带回上海。吴益皓现在在你们青山警署做笔录是吧,我们要求将吴益皓作为重点嫌疑人物看管。现在舆论都是对他不利的,虽然他们集团花了不少钱公关,但这毕竟是条人命,我们不能不对他进行调查,这也是正常的程序。"

江警官还想说什么,上海警方示意他别再说下去了:"我们在这里逗留一天,明天我们就带这个吴某某作为嫌疑人回上海,然后我们部分人员留在香港配合你们调查。司机还是要全力搜捕,那个什么福汇集团也是线索。如果这个吴某某真的是清白的,那他也吃不了牢饭。"

"捞饭?什么捞饭?"江警官脱口而出。

一个上海警察说:"吃牢饭,就是坐牢的意思。"

一个领导模样的香港人用生硬的普通话对江警官说:"阿伟啊,上海的同事说的有道理,你就不要参与这个案件的调查了。"

"可是,这个案子和好几年前的车祸案很相似,那件定性为意外车祸的案件可能也是谋杀案,而且主谋可能是一个人。"

第四十四章 双方的争执

"我们不管什么陈年旧事。"上海警察斩钉截铁地说道,"现在这个案件上面高度重视,我们也必须还案件真相给公众一个交代。"

"可是?"

"咩可是啊(没什么可是),阿伟啊,你边(你呀),休假几天先(先休几天假)。"

"Yes,Sir。"

既然是这么个情况,那我就只能自己调查了,江警官心想。手里握紧了车钥匙,打算去四季酒店找葛雯雯小姐。

第四十五章 "烂牙强"的支票

夜晚的旺角，夜市小吃人头攒动，江警官和葛雯雯在人群里穿梭。

"你确定，这辆车的司机是叫林文强？"葛雯雯大声地冲走在前面的江警官说道。

"嘿啊，嘿啊。就是这个'烂牙强'。"江警官停下来，等着葛雯雯上气不接下气地赶了上来。

"他住这附近？别碰我。"葛雯雯对着想和她搭讪的几个男人杏眼圆睁。

"你有冇听讲（你听见吗）？差人啊（我是警察）！"江警官掏出自己的警察证件，吓得那几个男人鸟散而去。

"跟你说了这个地方坏人多，非要跟来。"

"你不是跟我说，他们要把他当嫌疑人吗？我能不急吗？"葛雯雯撇了撇嘴。

第四十五章 "烂牙强"的支票

"应该就是这里。"江警官仔细核对了门牌号。两人到了三楼一户门前。

江警官敲了敲门，门半开着一个高挑化着浓妆的女人，用带着口音的普通话说："你们找谁啊？"

江警官用普通话说："我们找林文强。"

"那个，你们是谁？"

"我是警察。"

"太好了，警察同志，赶快救我。"女人赶快打开了门。

"林文强呢？"

"那个混账有事出去了，明天才会回来。"

"你和他什么关系？"

"警察同志，我是从山西来的，我家穷，说是到香港打工，能赚钱。谁知道过来让我做这种事，我的港澳通行证，也被他扣着。我是没门啊，我娃四岁，还在家等着我呢，我的男人死在矿上了。你救救我，让我回家。"

"你说他明天回来是吧，你收拾东西跟我们走吧。"

"不是，这楼里都是他们一伙的，走不了。"

"你跟我们走。赶快把妆补补，衣服就穿这个，东西都收拾好。葛小姐，你帮帮她。"

"林文强的东西呢？"

"他也不是每天都住这里，只有我有活的时候，他才来监督我，昨天他打电话说弄了一大笔钱，不能给他老婆孩子知道，有什么支票，他不会弄。就藏在那个包里，我也没听全，我广东话很多听不懂。"

"我知道了。"江警官说着把林文强的包挎在身上，翻了翻，看到了支票和女子的港澳通行证。

"小雯猫"替女子拢了拢头发，帮着她把行李都收好，冲江警官比了个OK的手势。

江警官四处望了望，打量着四周，"小雯猫"和女子跟在后面出来了。

这时，一个打赤膊的男人挂了条毛巾从对门望来："你系边个啊（你是谁啊）？"

好几个凶神恶煞的男人从其他房间也探出头来。

江警官十分镇定，掏出一根烟，点燃，吞云吐雾起来："强哥叫我来接女仔啦，有大生意上门咯。"

"点么那个系妆都不化了（怎么妆都不化了），唔像出场咩（不像要出场的样子啊）。"

"啊呀，大哥，这个衫不行啦（这件衣服不行），她那

第四十五章 "烂牙强"的支票

些衫不行啦（她那些衣服都不行），一个新来的没衫哪（一个新来的没有衣服）。所以带她们两个买衫（所以带她们两个买衣服），重新弄啦。要是不靓（要是不漂亮），老板不高兴，点么找你（怎么会找你）？"

"好好好，赶紧去，新来的靓（新来的漂亮），没见过。"

"大陆妹啦，比港女脾气好弄耶。"

"嘿呀嘿呀（是啊是啊），快去，快去。回来了，叫她到我这里来。"

"没话讲。"

说着，一行三人顺利地走下了大楼，江警官赶快打了辆车，先开到四季酒店，一起下车。然后又开了警车，带着女子到了警局。这时，他才有时间仔细端详支票，付款人是福汇集团。

半小时后同事和银行确认，这张支票是福汇集团负责人江太开具的，钱也是从她账户直接走。他突然松了口气，赶忙拨通了上级的电话。

第四十六章　江太的应对

接待室里，上海警方代表和香港警察坐在审讯室里。江警官坐在监视室里五味杂陈，他第一次这么近距离不是通过报纸网络等媒介而是新眼见到与自己同父异母的姐姐。江太保养得宜，穿着粉红色的衬衫，化了一个精致的妆容，显得神采奕奕，一点都没有害怕的样子，一副气定神闲的从容。阿 Peter 本来要陪同，结果被拦在门外。

"江女士，尽量用普通话作答。今天有上海的同事在。"

"好呀，就怕我的普通话不够好。"说着，江太娇笑一声，卖弄风情地朝一脸严肃的上海警察那里抛了个媚眼。上海警察依旧面无表情。

"我们传唤你的原因，主要是在嫌疑人携带物上搜到一张由你署名的支票。这个嫌疑人与一场谋杀案有关。我们希望你解释一下，为什么要开一张巨额支票给一个没有关系的人。"

第四十六章 江太的应对

"哦，就这事。"江太又笑了，扮起了可怜。此刻她显得又柔弱又无助，与之前的女强人形象判若两人，"哎哟，你们这么大阵仗，吓死我了，我以为我干什么了呢？警官怎么会冤枉好人呢。哎呀，是这样的，这个林文强是我们一个老员工的亲戚。这个老员工呢，说他不上进，三天两头不务正业。求我呢，可怜可怜他，帮帮他，给他一笔钱，到内地去做生意。那我就心软咯，给他点钱，就当施舍给宝林禅寺咯。"

两位警察一言不发。江太笑笑，继续道："你们不相信啊，不相信的话，问问门口的Peter，就是他的亲戚。再说了，香港哪条法律规定做善事犯法啊？"

"好了，不跟你扯这个。据我们调查，你丈夫和那个李淑淑认识？"

"啊呀，男人的事情我哪知道那么多。做大婆就是做大婆，要有大婆的样子，他那个莺莺燕燕多了，再说，这个李淑淑跟很多有钱男人都有牵扯。她去世了，我替她惋惜。可是啊，我老公认不认识她，我真的不知道。"

监控室里的警察报告："报告，Sir。测谎仪显示她在说谎。"

蹉跎岁月 才学会的爱

上海警方负责人和香港警方负责人互相交换了眼神，他们的经验告诉他们，这个人同样有极大的作案嫌疑。

"你老公人呢？还有那个 Peter，我们都想问询一下。"

"退休的陈警督你们认识吗？她太太一直和我妈打马吊，要不要我打个电话，叫他的徒子徒孙来问问你们，是怎么骚扰香港良好市民的。"江太收起一脸和气，开始凶相毕露："不要以为我们不知道，这个江文伟这么热心管闲事是什么底细。他妈妈是我爸爸的情妇，你以为是什么上流人士，夜总会里跳舞的。后来啊，死皮赖脸要让他儿子认祖归宗。外面的女人为了进我们江家大门，什么手段都能使出来的。你们再抓住这件事情不放，我就去投诉，你们警察啊，公报私仇。"

"放她走吧，不急，慢慢来。"香港警察对上海警察示意，"我们会派人监视他们一家的。"

上海警察说："这个福汇集团在内地也有业务的，有必要查一查。"

江警官转过头，想说些什么，旁边的同事拍了拍他以示安慰。"那吴益皓呢？"

"先恢复自由行动，同时进行跟踪监视。"

第四十七章　难得的片刻

"妈,别担心,我明天就回来了。我挺好的,警察对我很客气的。没有,没有,有饭吃的,蛮好吃的,叉烧饭。"

"你说那个李淑淑是福汇集团弄死的可能性很大?"张百莉在电话一头问道。

"是的,我的警察朋友是那么说的。"

"我知道了,我和你爸爸最近在商量这件事情。你自己当心点,估计去机场又是一群记者。我们现在和福汇集团已经上升到舆论战的地步了。"

"知道了,我什么都不说,不添乱。"吴益皓挂断了电话。

葛雯雯今天有些怏怏的,她的行李早就收拾好了。"那我先走了,两小时后的飞机。"

"你难过什么?跟我一起走还不是长枪短炮,闪得你眼都要瞎了?"

蹉跎岁月 才学会的爱

"我愿意。"

"乖啦,最近一段时间微信联系。"

"小雯猫"一声不响,默默地走上前来,抱住了吴益皓。吴益皓有些犯蒙,但也抱住了她。

"我走了,你要是敢失联,我就去你们家门口静坐。"

"不会的。"

"那,拜拜啦。""小雯猫"头也不回地提着行李冲出了房间。

看着她远去,吴益皓有些惆怅,但是他立马打起精神。突然手机响了一下,是董萌发来的一条信息。他点开一看,就看标题是:福汇集团掌门人疑为主谋,报复老公出轨情杀女星。

好嘛,这就打起来了。他心里稍稍放松一点,董萌一条语音接着又"叮"地过来了。他漫不经心地点开,董萌的声音在房间里四散开来:"机场肯定会有很多记者,见了记者,什么话都不要说,多说多错。但是态度要好,要表情管理,不能表现出不耐烦,不要被激怒,不要骂人,不要怼人,全程保持风度,记住了吗?"

吴益皓没有表情地回复道:"知道了。"一边听着"你快

第四十七章 难得的片刻

乐吗？我很快乐。"开始打开一本"小雯猫"出去给他买的叫《百年孤独》的书，心里默默享受这难得的片刻。刚安静下来，董萌的一条语音又到了："对了，把你香港警察朋友的微信给我。总是听你说，我以后直接和他联系。"

"OK。"吴益皓发送了一个鸭子 OK 的表情包，然后把江警官的微信推给了董萌。

"烦死了！"他又伸了个大大的懒腰，一边把脚搭在前面的脚凳上。他不记得是哪个作家提过一句，半躺着是最舒服的姿势，同时得出了一条放之四海皆准的道理：玩弄女人的人就会在女人身上跌跟头。想毕，不由得有些懊恼，这个教训够大，以后必须洁身自好。

第四十八章　计划抓捕

"我帮你们做好大嘅事,但系冇钱啦(我帮你们做了这么大的事情,现在没钱啦)。我要见江太,我要同她讲话。"一个神情猥琐、衣衫褴褛的男人坐在陈发记茶餐厅的卡座上,对阿 Peter 咆哮道。

"'烂牙强',江太能见你?你吃错药啦?"阿 Peter 在另一旁用吸管搅了搅冻柠茶里沉在下面的柠檬慢条斯理地说。

"吾钱冇了(我钱没了),一定是被那个北姑(北方娘儿们)弄走了。"林文强的拳头砸向了桌子,桌子上的菠萝包跟着颠了三颠。

"别急,按我的意思说,先去上海躲躲,江太都帮你安排好了,等这件事情风头过了,你再回来。"阿 Peter 站起身来,"系嘞,我仲有事,唔同你倾嘞(行了,我还有事情,

第四十八章 计划抓捕

不和你讲了），我走先嘞（我先走了）。"

警察局里江警官给山西女子做完笔录，向上海警察和上级汇报道："我建议以强迫妇女卖淫的罪名将林文强拘捕。"

"同意，鉴于林文强在此案中扮演重要角色，我们必须搞清楚是谁指使的他。"

"我觉得江太的嫌疑最大。"

"报告，Sir。"

"进来说。"

"根据调查，林文强收到过江太好几笔的大额汇款。这是江太账户的提款记录。有十年前的，五年前的，三年前的。"

"可以断定江太的嫌疑很大。"

"先审林文强，你们抓人吧。"

"我们现在就申请逮捕令。"

"好，务必检查各个关口，防止他使用回乡证去内地藏匿。"

"我们内地这边也配合，如果他已经到了内地，那就直接抓捕。"

"Yes，Sir。"

"报告，Sir。"

"讲。"

"犯人林文强，绰号烂牙强，已经到达上海，他是乘坐江太的私人直升机到达的。"

"那林文强就拜托上海警方了。"

"好。"

"江太也要逮捕。你们去申请逮捕令，尽快抓住她。"

"江太已经离开香港了，目前也在上海，可能是和林文强乘坐同一直升机到达的。"

"好，那剩下的事情就交给我们上海警方了。"

江警官长长地舒了口气，只见手机上有一个叫作"董萌"的好友申请，备注写着"我是吴益皓的朋友"，然后马上添加了好友。

"你好，董小姐！"

对方发了一个笑脸，江警官回了一个笑脸。董萌又回道："以后案情的事情直接和我沟通就好。"

"好的。吴少还好吧？"

"挺好的，谢谢关心。"江警官点开董萌的朋友圈浏览起来，都是工作的相关内容。连照片都不发，估计不上镜，

第四十八章 计划抓捕

他默默想。

"对了,这头像是你吗?"董萌那边发过来一个消息。

"就是我本人。"

"听益皓说,你都快四十五岁了,身材形象还保持得这么好,看不出年龄啊。"

"谢谢董小姐谬赞。这个是 P 过的图片。"

"不客气,不客气。江先生很诚实啊。对了,案情有什么进展?"

"哦,是这样的……"江警官把上午的情况简单复述了一下。

"我知道了,谢谢你。"

"不客气。"江警官客气道,同时好奇这个董萌是个什么样的人。

49

第四十九章 Alice的窘境

海华国际高中部的校园里依旧一片张灯结彩，青春活力溢出了整个学校。这天学校正在庆祝建校日，大大的礼堂挤满了高中部的学生，只有操场上的一个单薄身影显得有些突兀。Alice 一个人孤零零地坐在空无一人的操场上，呆呆地望着天空，似乎在若有所思。

她低下头，一滴眼泪无声地落在了地上，轻盈而又饱满，接着泪珠像大雨般倾盆而下，落在足球场的草地上。她的校服裙早就脏了，但主人似乎一点都不在乎，还是无声抽泣着。

"别哭了。"一个男声响起，丘远雄不知什么时候走到了她的身边。突然，一罐可乐映入眼帘，Alice 背过头去，用纸巾抹干了眼泪。抬起头，水汪汪的眼睛看向丘远雄，

第四十九章 Alice 的窘境

接过了可乐，低声说了一句"谢谢"。丘远雄隔着一点距离也坐了下来，他觉得有点尴尬，把头扭向一边，避免与 Alice 的眼神接触。

"别哭了，毓婷她们是太过分，你不要为她们而难过。"

"谢谢你。因为我家里的事情，现在全班都孤立我。"

"别难过了，你妈妈的事情又不是你能左右的。笑一笑嘛，你看今天太阳多好！"

Alice 抬起头打量丘远雄，丘远雄既不帅也不高，但他略微土气的脸上透露出一种朴实和憨厚。她冲丘远雄笑笑，丘远雄本能地脸红了。

"哦！哦！哦！哈哈哈！"不知怎的，远处传来了哄笑声。毓婷的声音突然传了过来："孤男寡女，单独相处。哇！不得了哦。"

"姜毓婷，你嘴巴干净点，别整天胡说八道。"丘远雄立马站起来，冲那群女生吼道。

"怎么啦，她妈妈被抓，你也要进去？"姜毓婷不甘示弱。

丘远雄被气得满脸通红，一言不发。

"信不信，我怎么说你，老师也不会管的，你放心好了。你们俩现在是一样的了，你看看，一个妈妈犯法，一个穷光蛋，好一对同病相怜的狗男女。"

"我不许你说我妈妈。"Alice 一声娇呵："你有没有家教？"

"家教？你家教好啊。妈妈都快进监狱了，还说我们。你爸爸整天花天酒地勾搭七八线小明星，报纸上都写了，你当我们眼瞎啊，识相点你们两个都应该赶快转学，到适合你们这种人的地方去。"

"我家里的事情轮不到你来管。"

"我就要管，气死你，你看看你这个样子，等着家里破产，什么都买不起吧。"

"我们走。别跟她们这种人计较。"丘远雄不知哪来的勇气，一把拉住了 Alice。

毓婷捡起地上的那罐可乐往 Alice 头上砸，丘远雄大叫一声："小心！"敏捷地侧身，可乐罐砸在了他的背上。

毓婷和其他女生似乎感觉到了胜利和得意，也没有追过来。

第四十九章 Alice 的窘境

"我们去图书馆。"丘远雄说,"图书馆里不能大声喧哗,谅她们也没办法。"

突然,他意识到他还拉着 Alice 胳膊,于是立马松了手,心里却有种自豪感:刚才自己的样子应该很酷,因为他保护了一个善良的女孩。

第五十章　十年前的车祸命案

吴益皓坐在沙发上，专注到近乎着魔地浏览着那篇关于李淑淑案件的警情通告，一遍又一遍。

他放下手机，下意识地揉了揉已经疲惫的双眼，把手机放在茶几上摆着的千豪集团财务报表上。闭目深深地叹了一口气。

这时，微信提示音不合时宜地响了，吴益皓拿起手机，看到"小雯猫"给他发了一张猫咪图案，不自觉舒展了紧锁的眉头。那是一只穿着唐装的猫咪作揖动图，下面紧跟着一条信息："吴大帅哥，恭喜沉冤得雪啊！"

吴益皓咧开了嘴，露出傻傻的微笑，回复道："你这是真诚的祝福，还是讽刺啊？"

"小雯猫"发了一个哈哈大笑的表情，后面又来了一句："当然是祝福。"

第五十章 十年前的车祸命案

吴益皓发了一串"哈哈哈"的字符,又说:"改天请你吃饭,你想吃什么?"

"吃什么都行。"

"哦,这比较难,那我定吧。"

"OK。"

这时手机响了,是董萌发来的关于"三件套"向警方报告自己被自称"高干子弟"通过关系可以脱罪的诈骗犯诈骗的新闻。吴益皓长舒一口气,突然他意识到了什么,在微信朋友列表里搜索一阵,发现了 Alice 的微信。半是好心,半是好奇,他不由得打开一看,朋友圈早就被清空了,什么也找不到。他有些担忧和纠结,这个小姑娘不知道能不能挺过来。

算了,这件事情也不是我能左右的。吴益皓心想。

突然,他似乎意识到了什么,这时,江警官发来了信息:"吴少,葛晴晴小姐的案件现在开始重新调查了。"

吴益皓的心"咯噔"一下,仿佛多年来已经被积雪覆盖的心,瞬间接收到阳光的照射,开始融化了。他轻轻地叹了一口气,默然不语。他思索自己像是一个被关在牢笼里的囚徒,已经默默地被释放,无罪释放,只是这大赦来

205

得太晚太晚了。但他不得不承认他的情感是复杂的，他就像一个被吊在半空的人，总算双脚着了地。

"吃点东西吧，小吴总？想吃什么？"这时张阿姨不知什么时候悄无声息地站在了他旁边。

"哦，不用，我不饿。"吴益皓回应道。

这时，手机不合时宜地响了起来，一看名字显示是金胖子。

"皓哥，出来吃饭，有正事要谈。"

"什么事这么急？"

"K县某城要开发新楼盘，本来对方是想跟你爸爸谈，我说皓哥是我哥们，我说直接找他不就得了。对方就要请你吃饭，吃完饭大家唱个歌，一边谈，一边娱乐嘛。"

"吃饭可以，唱歌就算了，你知道我五音不全。"

"你啊，就是怪脾气，应酬不喝酒喝可乐。皓哥，你不会唱，你听人家唱嘛。"

"好吧，时间、地址发我，我尽快到。"

"我发你微信。"

"好。"

第五十一章　逼上梁山

某高级 KTV 的 VIP 包间里，人声鼎沸，伴随着歌声，吴益皓一个人坐在角落里闭目养神，时不时抬抬眼皮望向那些喧闹的同伴。

突然音乐被切换，金胖子激动地站了起来："我的！我的！"

吴益皓抬头看看大屏幕，是一首网络歌曲。他长长地叹一口气，喝了口可乐，心里一阵烦闷。来谈生意的客人带了几个女伴，正在交头接耳地玩什么骰子游戏。突然那个角落发出一阵阵大笑，一个满脸油腻的客人，用手刮了刮一个女人的脸蛋。吴益皓感觉浑身不适，只能一言不发。

金胖子陶醉地唱着自己点的歌，一边向自己的女伴抛着媚眼，一边自我享受。吴益皓做好表情管理，心里交替着出现"无语"和"想呕"的感受。

"吴总,你也唱首歌嘛!"一个客人建议道。"对啊对啊,我们吴总这么帅,怎么没带女伴,要不给你介绍一个。"

吴益皓的脸顿时成了冰块,金胖子正好唱完了,心想:这些人还真是没眼力见,情商也忒低了。于是,他半是赔笑,半是呵斥地说:"别别别,我们吴总不太喜欢这个,这次来还是给大家面子。"

这时,另一个情商更低的女伴开始组织大家起哄,于是包厢里响起了整齐划一的"来一个,来一个。"

吴益皓面不改色,金胖子眼看就要急着打圆场。忽然,看见吴益皓站在点歌台前,按动按钮仔细搜索着什么,不一会儿,包厢里响起了悠扬的京胡声。吴益皓看着惊讶的众人,抱拳作了个揖说:"各位,我也是逼上梁山,献丑了。"众人一看屏幕是一出《击鼓骂曹》。

金胖子一愣,立马回过神来,趁着前奏还没结束,带头鼓起了掌。众人也立马反应过来,开始鼓掌和做作谄媚地叫好。

"上欺天子下压群僚,我有心替主爷把贼扫,手中缺少杀人的刀。"

一曲完毕,一气呵成的吴益皓依旧面无表情地坐回自

第五十一章 逼上梁山

己的位子上，顺带把话筒慢不经心地递给看傻眼的金胖子。一位客人竖起大拇指夸道："以前呢，有冬皇；现在，有我们小吴总。看不出来，吴总还是票友呢。"

"什么票友，吴总那是大师，大师。比那什么冬皇、夏皇强多了！"金胖子接着夸张地吹捧道。

吴益皓忍无可忍，只能把自己的愤怒隐藏在下面这句平静的话里："孟小冬，冬皇，是女的。"

包厢里突然没人说话，只有聒噪的屏幕依然还在播放音乐。

第五十二章 王大为的复仇

那天,吴益皓提前离开了 KTV。回到家洗了个热水澡,一觉睡到天亮。家里新来的阿姨早把熨好的西服衬衫等各种衣服悄无声息地挂在了房间的衣架上。吴益皓用牙刷刷着牙,懵懵地看着镜子里的自己。

他好久没照镜子,突然觉得自己老了,不只是明显的黑眼圈,还有自己的神态,有那么点成熟男人的意思。他也没多想,还有觉得经历了这些事情,他对自己和世界认识得更深了。我是谁,并不重要,因为人的身份随着每天万事万物的变化也在变化着。我就是我,别人不用给我贴标签。他发现,随着阅历的增长,他比以前自信多了。他用洗面奶抹了抹,手兜着水冲了冲脸,用洗面巾擦干后,开始剃须,又觉得似乎搞错了顺序,又觉得没有。

突然,房间门口响起了急促的敲门声,张阿姨的声音

第五十二章 王大为的复仇

传了过来:"小吴总,楼下有警察找?"

"啊?"吴益皓的脸上写满了问号,"什么事?"

"说是昨天和你在一起唱歌的人被杀了。"

"什么?"

吴益皓顾不得许多了,赶紧换好了衣服。张百莉去外地调研自己的分公司了,并不在家。吴承鲁一个人坐在客厅的沙发上,两旁的沙发上坐着两个穿着制服的,看上去并不年长的警察。吴益皓在心里默默吐槽:"行,我和警察越来越有缘分了。"

吴益皓对着两个警察,露出标准的微笑,客气地打了个招呼:"警察同志,您好!"

两个警察许是初生牛犊不怕虎,又或许是干这行的本能,一点也不客气:"吴益皓先生,你和金晓伟是什么关系?"

"同学、室友和合作伙伴。"

"那么王大为呢?"

"这个不大有印象。"

"他只有大学的开除记录,和你是一所大学。"

"让我想想,对对对,他后来被开除了。"

"到底发生什么事了？"

"根据KTV的录像显示，昨夜十二点，金晓伟在卫生间被早已埋伏好的王大为攻击，两人缠斗。王大为用匕首刺死了金晓伟。之后，王大为因为被KTV保安追逐，加上伤口失血过多，倒在了距离KTV门口不远的烟酒商店门口。"

吴益皓沉默不语，在一旁的吴承鲁开口了："这和我儿子有什么关系？"

"您别误会，我们是来调查背景资料的。吴益皓先生，能否请您详细讲讲他们俩的过节。"

吴益皓陷入回忆中，向警察打开了话匣子。

第五十三章 追悼会的感触

龙华殡仪馆，陆续而来的人涌满了大厅，金晓伟的追悼会就在这里举行。就在楼下，不知道为什么，王大为的追悼会也在同时开始，但是冷冷清清，相比他的冤家，人少得可怜。"三件套"因对江太的犯罪事实有教唆和包庇的行为也已经被警察逮捕。因此Alice的出席显得格外引人注目。Alice穿着一件黑色的连衣裙，站在其他人中间十分显眼。

下午一时，金晓伟的追悼会准时开始。代表亲朋好友发言的是涂利江，他断断续续地回忆起自己和金胖子的过往，最后泣不成声地说："胖子，走好！"

吴益皓老实说，并不怎么悲伤，也不发自内心的难过，但是，不知怎的，他对这样的自己感到有些惭愧。对逝者和生命的尊重这种大道理在他的脑海里回荡，可他实在无法同情金胖子。原来这一切冥冥中自有安排，是怎样的力量在操纵这世间的悲欢离合、生老病死。他觉得这个话题过于艰深和沉重，因此强迫自己认真地悼念金胖子。我真的做不到，金胖子在我眼里根本就是罪有应得啊！

他看看站在前排已经被人搀扶着无力自己站立的金胖子母亲，又看看他故作坚强、但已苍老憔悴的企业家父亲，顿时觉得那道义上应该来的怜悯尽管迟到了，但最终没有缺席，正义也是。

他似乎感受到自己的人生突然在这个地方找到了答案和意义。人的生命是多么的脆弱啊，人的权势、金钱、地位在这个地方根本就不值一提。我们终将走向这样的结局，而以前的多愁善感是多么幼稚。

这时，林颂默默地从身后走来，递给吴益皓一瓶矿泉水："吴总，喝水。"吴益皓转头看了看有些落寞的林颂："以后就叫我益皓吧。我们是同学啊。"

林颂似乎感受到了什么，眼泪在眼眶里打转，悄悄地流了下来。林宪斌在一旁木然不语。

"哭什么？刚刚还没哭够？"

第五十三章 追悼会的感触

"没事,吴总。噢不,益皓。大家叫你一起下去吃饭。"

林宪斌麻利地护住电梯一侧,恭敬地说道:"吴总,请进。"

吴益皓摇了摇头:"我还是喜欢你叫我小皓。"

林宪斌哽咽了,低低地吐出了"小皓"两个字。

"行,我们一起下去。"

原来这才是人生的终点,吴益皓默然不语,他突然轻松了许多,原来大家都是殊途同归啊。